RUDOLF HERFURTNER

Muschelkind

Verlag Friedrich Oetinger · Hamburg

Einband von Henriette Sauvant
Vignetten von Beate Speck-Kafkoulas
Gesamtherstellung: Clausen & Bosse, Leck
Printed in Germany 1995/II

ISBN 3-7891-3704-9

INHALT

Ein Engel weint' um einer Schwachheit willen,
Und sinken mußt' ein Tropf' in die Verdammung.
Denn auch die Engel weinen wohl im Stillen;
Doch ihre Tränen sind der Welt zum Frommen,
Weil aus denselben solche Perlen quillen.
Die Träne wär' im Ozean verschwommen,
Wenn nicht das Meer, den edlen Ursprung kennend,
Sie hätt' in eine Muschel aufgenommen.

Friedrich Rückert

PROLOG

Obwohl das Büchermachen im 11. Jahrhundert eigentlich Männersache war, hatte auch das Frauenkloster am Wald eine berühmte Schreibstube. Die Nonne Irmengard war Schreiberin.

Irmengard schrieb Tag für Tag mit ihren Schwestern zusammen die gleiche alte Geschichte auf weißes Pergament: das Leben ihres HERRN Jesus Christus. Ihr Kloster war spezialisiert auf Evangeliare.

Keine Nonne in der Schreibstube wäre auf die Idee gekommen, ein eigenes Buch zu schreiben. Ein dickes Buch aus Pergament war unendlich kostbar.

Aber als Irmengard eines Tages die Sage von dem Muschelkind hörte, wußte sie, was sie zu tun hatte. Sie überredete eine Freundin in der Buchbinderei, heimlich Pergament beiseite zu legen und ihr ein Buch aufzubinden. Sie hatte nicht das Gefühl, etwas Verbotenes zu tun.

Es dauerte fast ein Jahr, bis das Buch fertig war und sie anfangen konnte zu schreiben. Mitten in der Nacht setzte sie sich an ihr Pult und bereitete ihre Tinten vor. Mehrere Muschelschalen lagen vor ihr, gefüllt mit verschiedenen Farbpigmenten. Auch Muschelgold war darunter, ein glänzendes, schuppiges Pulver, das gemischt mit einer Leimlösung eine goldene Tinte ergab.

Irmengard schnitt sich einen frischen Kiel aus einer Gänsefeder. Sie öffnete das Buch, strich prüfend mit der Hand über das glatte Pergament und tauchte die Feder in das Muschelgold. LACRIMAE ANGELORUM schrieb sie…

1. TRÄNEN DER ENGEL

Als die Sonne endlich so hoch stand, daß auch durch die hohen Wipfel rund um die Bernmühle ein bißchen Wärme und Licht drang, nahm die alte Fischerin einen Kübel, steckte sich das Fischermesser in den Gürtel und verließ die Mühle. Sie ging ein Stück den Bach hinauf. Da gab es einen Trampelpfad, nur von ihr begangen und schnell immer wieder zugewuchert von Farn und Bärlauch. Ein Häher flog auf und zeterte durch die Baumwipfel.

»Was schimpfst denn, Schreihals«, murmelte die Bernmüllerin. »Kennst mich doch!«

Der Bach war nicht sehr breit, drei, vier Meter. Er hatte ein Kiesbett, und ab und zu stürzte er über ein paar Steinstufen. So war das Gefälle nicht sehr stark und die Strömung mäßig.

Die Bernmüllerin ging etwa eine Viertelstunde bis zu der Stelle, wo sich der Bach in Mäandern um ausgewaschene Wurzelstöcke herumschlängelte. In den Kurven hatte er das

Ufer unterspült und tiefe Löcher ausgewaschen, in denen das Wasser fast still stand. Gumpen hießen diese Löcher unter den Prallufern. Das Wasser war ein bißchen braun von der ausgeschwemmten Humussäure, aber klar bis zum Grund. In den Gumpen wohnten früher die Wassermänner mit ihren Familien. Selbst hier, tief im Wald, hatte man sie aber schon lange nicht mehr gesehen.
Die Bernmüllerin schaute sich die Gumpen an. Dann zog sie ihre Latschen aus, krempelte die Ärmel hoch bis zur Achsel und steckte ihre Röcke in den Gürtel. Barfuß stieg sie in den Bach, hängte den Kübel an einen Wurzelstock unter der Böschung und stellte sich am Rand der Gumpe auf.
Ganz still stand sie da, den Rücken krumm, die Arme im Wasser, die Hände locker ausgebreitet zu einer Art Reuse. Ihre Füße waren ein bißchen eingesunken in den Schlick des Bachgrundes. Dick und fest standen die Beine im kalten Wasser und waren bald nichts anderes mehr als selber Baumstämme, unbewegt und fest gewurzelt, und schienen nicht mehr bedrohlich für die Bachforellen.
Auch der Häher hatte sich beruhigt, sah nichts mehr von seinem Ausguck in der höchsten Tanne als einen graugrünen Buckel im Bach, reglos wie ein Stein.
Aber plötzlich zuckte der Stein und packte zu und zog einen zappelnden Fisch aus dem Wasser. Ein Schlag mit dem Messerknauf und ein Stich ins Genick, und die Forelle verschwand im Kübel. Zwei-, dreimal ging das in derselben Gumpe, dann waren die Forellen klüger geworden und beherrschten ihre Neugier und blieben in ihren Verstecken unter der Böschung. Dann stieg die Bernmüllerin in die nächste Gumpe und wartete und packte zu, sicher und fest, obwohl ihr eigentlich die Hände hätten steif sein müssen vor Kälte.

Zwei Stunden fast stand sie so und fing ihre Fische. Dann hatte sie ein gutes Dutzend und stieg aus dem Bach. Sie riß ein Büschel Brennessel ab und schlug sich damit die blau gefrorenen Beine. Das Gift aus den Brennhaaren holte das warme Blut in ihre Gliedmaßen zurück.
Dann hockte sie sich auf einen Wurzelstock und untersuchte die Kiemen der gefangenen Bachforellen. Bei dreien fand sie junge Flußperlmuscheln an den Kiemenlappen, klein wie Stecknadelköpfe.
Die Bernmüllerin löste die Muscheln aus den Kiemen und sammelte sie auf ihrem Taschentuch. Dann stieg sie noch mal in den Bach. Sie tauchte das Taschentuchsäckchen ins Wasser und öffnete es langsam. Die Strömung nahm die kleinen Muscheln eine nach der andern vom Taschentuch. Sie sanken in den Kies am Grund wie torkelnde Blättchen und verschwanden zwischen den Steinen.
»Ja, versteckt euch«, murmelte die alte Fischerin, »daß euch nicht der Fisch frißt oder der Bisam.«
Ganz still war es. Die Gumpe lag wie ein dunkles Auge im Wald. Aber plötzlich war ein leises Beben im Boden, und über das Wasser liefen kleine Wellen. Die alte Fischerin richtete sich auf im Bach und horchte. Sie hörte nicht mehr sehr gut. Aber das Brummen der Planierraupen oben an der Baustelle, das hörte sie, weniger mit den Ohren als inwendig.
Sie hatte ihre Arbeit für heute getan. Sie stieg aus dem Wasser und machte sich für den Rückweg fertig.
Zwei Stunden später, als sie zu Hause in der Mühle die Fische in die Räucherkammer schob, klopfte es an die Tür. Es war der Bartholomäus Störzer vom Krähenloch. Manche nannten ihn auch Hahnenschwanzbartel, weil er eine Auerhahnfeder am Hut trug. Er hatte wildes Haar und einen kurzen, struppi-

gen Bart, der am Kinn schon ein bißchen grau wurde, obwohl der Bartel nicht älter als fünfunddreißig sein konnte. So genau wußte das aber keiner. Er blieb nicht lang irgendwo, und bevor einer genauer fragen konnte, verschwand er wieder. Er zog rum, machte dies und das, schlief mal hier, mal dort und manchmal eben auch im Krähenloch.

Das war eine flache Felsenhöhle am Oberlauf des Bernbaches. An der Stelle mündete der Krähenbach. Früher einmal mußte das ein starkes Wasser gewesen sein, das die Höhle in den Fels gegraben hatte. Jetzt war es nur noch ein dünnes Rinnsal. Und in der Höhle tobten nicht mehr die Wasserwirbel, die Krähen nisteten drin. Und manchmal machte sich eben auch der Bartel ein Lager dort, wenn es ihm gerade paßte.

»Preiselbeeren hätt ich«, sagte der Bartel und stellte einen Korb voll leuchtendroter Beeren auf den Tisch. »Und ein paar Fische würd ich nehmen, wenn du welche hast.«

So machte es der Bartel: verkaufte einen Korb Beeren oder Pilze, kaufte dafür ein paar Fische und verkaufte sie woanders wieder. Manchmal ging ihm ein Kaninchen in die Falle. Das durfte keiner wissen, aber der Bartel hatte auch dafür seine Abnehmer.

Die Bernmüllerin holte eine Kiste fertiggeräucherter Forellen. Dann brachte sie die Beeren in die Speisekammer und stellte Brot und Speck und einen Krug Johannisbeerwein auf den Tisch. Dann aßen sie zusammen.

»Muscheln hab ich wieder gefunden in den Fischen«, sagte die Bernmüllerin.

»Keine Perlen?« sagte der Bartel und grinste.

»Ich find lieber junge Muscheln. Früher waren's die Perlen, jetzt sind die jungen Muscheln das Wertvolle.«

»Wie lang wird es sie noch geben?«

»Das zwanzigste Jahrhundert geht zu Ende. Aber der Bernbach ist gesund!«

Der Bartel nahm einen Schluck Wein. »Die Fabrik ist fertig«, sagte er.

»Hab sie aber noch bauen hören.«

»Der Kanal muß noch fertig werden. Da reißen sie noch einmal ein paar Bäume aus.«

»Zu mir her kommen sie nicht. Und ich geh nicht hin. Bei mir im Wald ist eine andere Zeit.«

»Aber sie nehmen den Bach zum Kühlen. Und was sie alles reinlassen an Dreck dabei, das weiß der heilige Gutzelgauch. Aufhalten müßt man sie. Aber das kann man nicht.«

»Wer weiß«, sagte die alte Fischerin. »Magst noch was?«

Der Bartel hatte genug. Er zündete sich seine Pfeife an und rauchte still vor sich hin, während die alte Fischerin den Tisch abräumte und die Fische für ihn einpackte. Auf der Truhe an ihrem Bett lag ein altes Buch, eingeschlagen in ein schwarzes Samttuch.

»Hast wieder mal in deinem Märchenbuch gelesen?« sagte der Bartel.

»Ist kein Märchenbuch, das weißt du«, sagte die Bernmüllerin und legte das Buch in die Truhe. Die Truhe hatte ein schweres Eisenschloß, aber die Bernmüllerin schloß nicht ab. Niemand war da, der an den ärmlichen Habseligkeiten in der Truhe interessiert gewesen wäre. Auch nicht an dem Buch. Trotzdem wollte sie nicht, daß das Buch herumlag und der Bartel seinen Spott damit trieb.

»Ist auch nicht mein Buch«, sagte die Bernmüllerin. »Hab es nur meine Zeit wie all die andern vor mir auch. Und werd's weitergeben, wenn meine Zeit um ist.«

»Sag, Frau Bernmüllerin«, sagte der Bartel und grinste, »hast gar was hineingeschrieben?«
»Nein«, sagte die Bernmüllerin, die das Gespräch mit dem Spötter nun beenden wollte. »Bleibst du die Nacht, oder gehst du wieder?«
»Geh wieder«, sagte der Bartel. Er klopfte seine Pfeife aus, legte das Geld für die Fische auf den Tisch und ging zur Tür. »Hinten im Buch soll noch Platz sein«, sagte er. »Könntest doch auch eine Geschichte hineinschreiben. Von mir vielleicht, das könnt lustig werden.«
»Von dir? Solche Geschichten stehn da nicht drin. Aber vielleicht schreib ich mal was, wer weiß?«
Wer weiß, dachte die alte Frau, als der Bartel gegangen war, und holte das Buch wieder aus der Truhe. Sie faltete das Samttuch auseinander und strich zärtlich über den schweinsledernen Einband. Brüchig war das Leder, mit Stockflecken an manchen Stellen. War nicht immer so in Ehren gehalten worden das Buch wie jetzt wieder, und es war ja feucht in der Mühle, immer feucht gewesen. Auf dem Deckel war eine Muschel eingeprägt, eine Flußperlmuschel mit einem schönen Wirbel, da, wo die beiden Schalen durch starke Bänder zusammengehalten werden. Auch hatte die Muschel ein »Schnürl«. Das Schnürl war ein Perlzeichen, eine quer zur Schale verlaufende Erhöhung, die anzeigen sollte, daß die Muschel eine Perle barg. Die Muschelprägung auf dem Buchdeckel war glatt und glänzend. Viele Hände hatten sie im Lauf der Jahrhunderte poliert. Auf dem Rücken des Folianten stand in matten Goldlettern: LACRIMAE ANGELORUM.
Die Bernmüllerin schlug das Buch auf. Hinten war in der Tat noch Platz, etwas hineinzuschreiben. Aber dafür war noch

nicht Zeit. »Nein! Ist noch nicht die Zeit!« sagte die Bernmüllerin laut, wie um sich selber sicher zu machen. Dann blätterte sie zum Anfang und begann wieder mal zu lesen.

MITTEILUNG DARÜBER, WIE DIE PERLEN IN DEN BACH KAMEN
EINE SAGE

In jenen fernen Tagen, als die Menschen noch nicht im Wald, sondern nur vereinzelt auf Rodungen an den Ausläufern der dicht bewachsenen Berge siedelten, ging ein Jäger mit einem Kind durch den Urwald. Der Weg war beschwerlich, und hätte der Jäger nicht die Pfade des Wildes gekannt, die Durchschlüpfe von Bär und Luchs und Hirsch und Wolf und Sauen, sie wären wohl schon lange im undurchdringlichen Gewirr aus Wuchern und Schlingen, Modern und Verfaulen steckengeblieben.
Das Kind war noch nicht alt und von zarter Statur, sagen die alten Leute. Wie Milch und Blut sei es gewesen, wie man so sagt. Andere wissen von einer Haut wie Perlmutt. Zwei schwarze Augen hätte es gehabt, so dunkel und tief wie der Wald, sagen die einen, und die andern sagen: nein, grün, grün seien seine Augen gewesen, grün wie der Bach unter dem Schwarzerlengestrüpp. Und ein paar Leute hat es gegeben, die wollen gar von zwei verschiedenen Augen wissen, einem hellen und einem dunklen. Wie das eben so ist, wenn eine Geschichte oft weitererzählt wird.
Das Kind trug ein dünnes Wams und fror. Man hatte sich keine Mühe mehr gegeben, es angemessen zu kleiden für diese Reise in den Wald. Es war zwar schon um Walpurgis, aber bis der Sommer wirklich durch die dichten Baumkronen dringen konnte, mußten noch ein paar Wochen ins Land gehen.

Es war feucht, immer wieder trieben Nebelfetzen über einem Wasserloch, dicke Tropfen hingen an den Farnen, und die langen Moosfasern, die von den Zweigen wehten, griffen dem Kind ins Gesicht.

Das Kind weinte. Nicht laut. Es wimmerte leise in sich hinein. Der Jäger sollte nichts hören, sollte es vergessen, am besten vergessen, ja, und immer weitergehen. Solange er ging, würde er das Kind nicht töten; denn das war sein Auftrag: das Kind in den Wald zu führen, wo er am tiefsten war, und es dann zu töten. Das wußte das Kind, tief in seinem Herzen wußte es das Kind.

Der Vater des Kindes hatte dem Jäger diesen Befehl gegeben und auch den Beutel Silber als Lohn dafür. War irgendein Edelmann, hört man, kein bedeutender. Nichts, was man sich von ihm sonst erzählen könnte, sagen die einen, nur daß er dieses Kind hatte mit seiner abgöttisch verehrten Frau. Diese Frau hätte ihn behext, wollen nun die einen wissen, daß er nur noch sie sah. Und das Kind, das flugs heranwuchs, wäre bald im Weg gewesen und hätte ihm den Platz im Herzen der Mutter streitig gemacht. Das sei der Grund gewesen, warum er das Kind in die Hand des Jägers gegeben hätte.

Andere wissen eine andere Geschichte:

Ein paar Tage Wegs in Richtung Osten hockte ein anderer Herr auf seiner Burg und machte seinem Nachbarn die Vorherrschaft über die Gegend streitig. Er hatte die fleißigsten Holzfäller des Landes und erweiterte ständig seine Rodungen und wurde schnell reich und mächtig.

Abend für Abend stand der Edelmann auf seinem Turm und sah nach Osten, wo hinter dem Wald die Feuer schimmerten, mit denen der Rivale die Wurzelstöcke ausbrannte. Und der Edelmann wurde wütend und verfluchte den habgierigen Nachbarn und hätte doch selbst gern die Herrschaft über den ganzen Wald besessen.

Da war plötzlich ein Sausen in der Luft und ein Dröhnen wie Feuersturm. Und dann stand ein Walddämon vor ihm. »Du möch-

test gern Herr sein im Wald. Ich kann dir helfen«, sagte der Walddämon. »Mit meiner Hilfe wirst du schneller roden als dein Nachbar. Mehr Felder wirst du haben, und mehr Köhler werden für dich Holzkohle brennen, und reicher wirst du sein als er oder sonstwer.«
»Was willst du dafür?« fragte der Edelmann.
»Dein Erstgeborenes«, sagte der Walddämon.
Da erschrak der Edelmann, aber dann sagte er: »Gut, es gilt!« Im geheimen aber dachte er, daß ihm zur rechten Zeit schon etwas einfallen werde.
Bald darauf kam das Kind zur Welt, und der Walddämon erschien, sein Unterpfand einzufordern. Aber der Edelmann sagte, er wolle erst sehen, ob er wirklich der reichste Mann des Waldes werden könne. Ein paar Jahre müsse der Walddämon schon noch warten und arbeiten.
Der Walddämon fauchte und knurrte, aber er machte sich an die Arbeit.
Das Land des Edelmanns wuchs und dehnte sich aus, und bald schätzten ihn alle als den glücklichsten Mann des Waldes, selbst sein Nachbar. Jedes Jahr kam der Walddämon und forderte seinen Lohn, aber der Edelmann vertröstete ihn und forderte erst noch mehr Arbeit. Als aber sieben Jahre vergangen waren, erschien der Walddämon und wollte nun nicht länger mehr warten.
»Meinen Lohn will ich!« brüllte er, daß die Erde ringsum bebte. »Und nicht mehr gezögert, Mann!«
Nun gab es keinen Ausweg mehr. Der Edelmann konnte nur noch erreichen, daß der Walddämon das Kind nicht gleich mitnahm. Das hätte zuviel Aufsehens gemacht. Er wollte dafür sorgen, daß das Kind in den Wald gebracht würde, da, wo er am tiefsten war.
»So soll es sein!« brummte der Walddämon. »Tot oder lebendig, ich will es schon finden, Mann!«
»So soll es sein«, sagte der Edelmann, und das Herz war ihm schwer.

»Ich warte nicht lang«, drohte der Walddämon. »Und meine Rache wird fürchterlich sein!«
Ein Sturm brauste auf, die Wipfel der Bäume peitschten die Luft, und der Walddämon war verschwunden.
Wie der unglückliche Edelmann die nächsten Tage verbrachte, weiß man nicht. Aber die Leute sagen, er hätte sich eingeschlossen, um sein Herz hart zu machen. Denn nun mußte er den Preis zahlen.
Und dann ließ er den Jäger kommen und führte ihn in das Zimmer des Kindes.
»Geht, macht euch einen schönen Tag«, sagte der Edelmann. »Der Jäger zeigt dir den Wald und die Tiere. Die hast du doch so gerne.«
»Ich will auf die Mutter warten, mein Herr Vater«, sagte das Kind, »ob es ihr recht ist.«
»Geh nur«, sagte der Vater, »deine Mutter läßt sich die Haare legen. Es wird ihr schon recht sein, denke ich. Sie wird sich freuen, wenn du mit roten Backen wiederkommst.«
Das Kind hatte schon oft mit dem Jäger gehen wollen. Er schien ein freundlicher Mensch, der viel zu erzählen wußte und an dessen Seite man keine Angst zu haben brauchte im Wald. Aber immer wurde ihm der Wunsch abgeschlagen. Nein, hieß es, du bist zu klein, zu zart, und der Wald ist zu dunkel und zu kalt und überhaupt voller Gefahren.
Vor allem die Mutter war es, die das Kind bewahren wollte vor der endlosen Undurchdringlichkeit, als ahnte sie, daß aus dem Wald, der ihnen so viel Gutes gab – Wasser, Wild, Holz und die Luft zum Atmen –, einmal auch ihr Elend kommen könnte. Von dem Pakt ihres Gatten mit dem Walddämon wußte sie nichts.
Die finstere Ahnung war übergegangen auf das Kind. Es fühlte sich angezogen von den Geheimnissen des Waldes und schauderte gleich auch vor seinen Gefahren. Es malte sich diese Gefahren aus, die Raubtiere, die Schlangen, den Lindwurm gar und die Hexen, Trolle, Erd-

geister und Baumgespenster. Und die Nacht und die Dunkelheit und das Nichts am Ende des Waldes.
»Laßt mich doch gehen«, bettelte das Kind. »Einmal nur, ein bißchen.« Immer wieder bettelte es, aber nur, weil es sicher sein konnte, daß die Mutter es nicht erlauben würde. Es war ein Spiel. Das Kind konnte mutig sein und den Gefahren eine Nase drehen, weil die Angst der Mutter es schützte.
Jetzt war die Mutter weg, und der Vater gab plötzlich die Erlaubnis. Das Kind suchte Ausflüchte. »Ich will erst noch dies Spiel zu Ende spielen.«
Der Jäger stand dabei und sagte kein Wort. Er war immer freundlich sonst, neckte das Kind und schenkte ihm eine Häherfeder oder einen Wildschweinzahn.
»Geh jetzt«, sagte der Vater ungeduldig, »du hast es dir doch immer gewünscht.«
»Ich werde dem Jäger lästig sein«, sagte das Kind.
»Nein, du bist ihm nicht lästig. Geh jetzt.«
Der Jäger stand am Fenster und vermied den Blick des Kindes.
»Geh, folge deinem Vater«, sagte der Vater, »sonst will ich es mir wieder anders überlegen.«
Da warf das Kind wie zufällig ein Körbchen Murmeln um, daß die bunten Marmorkugeln durchs ganze Zimmer sprangen. »Oh, wie ungeschickt ich bin«, rief es. »Nun muß ich wohl erst noch aufräumen.« Es war sicher, daß der Vater, der alle Unordnung haßte, seine Erlaubnis nun zurückziehen würde.
Er wurde auch ganz streng und hart, aber er kümmerte sich nicht um die Murmeln. Er sagte: »Nein, du gehst jetzt, ohne Wenn und Aber.« Und dann wandte er sich um und verließ den Raum.
Da wußte das Kind, daß es nicht ein Waldspaziergang war, was der Jäger mit ihm machen sollte. Und je tiefer sie in den Wald hineingingen, desto sicherer war es.

Und deshalb wünschte es sich jetzt, daß der Jäger vor ihm niemals stehenbleiben würde. Die Füße taten ihm weh. Hände und Beine waren zerkratzt vom Dornengestrüpp am Weg. Es hatte Hunger und Durst. Manchmal streifte es mit der Hand die Tropfen von einem Blatt und leckte den Tau auf.
Der Jäger ging schnell, geübt, wußte, wo er die Schritte zu setzen hatte. Das Kind hatte Mühe, ihm zu folgen. Aber es strengte sich an, so gut es konnte. Es wollte dem Jäger keinen Anlaß geben, sich umzusehen. Der Jäger tat das auch niemals.
Einmal dachte es daran, einfach stehenzubleiben. Der Jäger würde weitergehen und gar nicht merken, daß das Kind ihm nicht mehr folgte. Vielleicht wünschte er sich das sogar. Es war ja kein Auftrag, den er gern ausführte.
Aber das Kind blieb nicht stehen. Der Wald, der sich immer dichter um sie schloß, machte ihm mehr Angst als der Jäger. Und wer weiß, vielleicht würde der sich ja doch erbarmen. Oder vielleicht irrte sich das Kind. Am Ende wollte ihm der Jäger nur ein wunderbares Geheimnis zeigen, das Einhorn womöglich, von dem der Vater einmal erzählt hatte. Je länger sie gingen, desto mehr wuchs die kleine Hoffnung.
Da stolperte der Jäger über eine Wurzel. Der Beutel mit dem Silber sprang ihm aus der Tasche. Er fluchte und steckte das Geld wieder ein. Das Silber klingelte hell und verlockend. Er sah das Kind an. Dann blickte er sich um und beschloß, daß sie am Ziel wären.
»Geh da hinüber zum Bach«, sagte er. Es war der einzige Satz, den er sagte.
Er wollte sich waschen können nach seiner Arbeit; denn er sollte ja das Herz des Kindes mitbringen zum Zeugnis und dann noch einen Beutel Geld bekommen.
Das Kind ging nun voraus. Es kletterte über umgestürzte tote Bäume, kroch unter dem dichten Erlengestrüpp durch und stand endlich auf den Kieseln am Bach.

Es sah sich nicht um, wollte nicht sehen, wie der Jäger die Büchse von der Schulter nahm und Pulver und Kugel mit dem Ladestock in den Lauf einführte. Es hatte gehört, daß der Jäger stehengeblieben war, hörte den Feuerstein die Lunte zünden, hörte auch den Schuß.
Aber vorher flog ein Häher auf mit wildem Geschrei und Gekrächz.
Das Kind erschrak und fiel in den Bach. Oder war es gesprungen? Es hatte den Schuß gehört, hatte einen Schlag erwartet, einen Schmerz. Aber weder Schlag noch Schmerz kamen. Es sprang in den Bach, als müßte es von sich aus tun, wozu der Schuß gedacht war...
Der Jäger freilich hatte nicht beabsichtigt, daß das Kind in den Bach fiel. Er hatte gut gezielt. Wenn er seine Büchse an die Schulter drückte, war er vollkommen ruhig, vollkommen Jäger, ganz gleich, was für ein Wild er anvisierte. Aber dieser Häher hatte ihn gestört. Möglicherweise hatte er den Schuß etwas verzogen. Er war nicht sicher, ob er gut getroffen hatte.
Er lief zum Bach hinüber, aber das Kind war nicht zu sehen. Der Bach floß ruhig dahin, keine Trübung vom Grund herauf. Der Bach war nicht breit und nicht sehr tief, zwei Fuß vielleicht, höchstens drei. An manchen Stellen waren Gumpen ausgewaschen. Dort stand das Wasser beinah still, rein und klar wie braunes Glas. Forellen standen da unbeweglich über dem Grund.
Das Kind war nicht zu sehen.
Der Jäger lief ein Stück den Bach hinunter. Nichts. Der Bach hatte nicht überall ein Kiesufer. In den Biegungen hatte das Wasser sich tief in die Böschung eingegraben. Der Jäger legte sich auf den Bauch und untersuchte die Höhlungen. Wasserschnecken krochen über das Ufergras, das in dichten Büscheln in den Bach hing. Ein Salamander brachte sich in Sicherheit und tauchte hinunter ins dunkle Wurzelwerk. Unten im Kies des Bachbettes steckte eine Muschelbank.
Das Kind war nicht mehr da.
»Wo bist du?« sagte der Jäger. Er sah sich um, watete auf die andere

Seite des Baches, meinte eine Bewegung im Farn wahrzunehmen. Aber es war nur ein abgenagter Tannenzapfen, den ein Eichhörnchen heruntergeworfen hatte.
»Wo bist du?« Der Jäger rief nach dem Kind. Es konnte nicht einfach verschwunden sein. Lag es irgendwo verletzt? Das wollte er nicht. Er sollte es töten. Er wußte nicht, warum. Hatte auch nicht gefragt. Er hatte diese Arbeit übernommen, und jetzt wollte er sie auch ausführen. Sauber, wie es sich gehört. Waidgerecht.
»Wo bist du?« schrie er.
Er suchte mehrere Stunden bachauf, bachab und in immer weiterem Umkreis. Er fand das Kind nicht. Er rief, bis er keine Stimme mehr hatte. Aber er bekam nur Antwort von dem Häher, der ihm folgte, um ihn zu verspotten. Einmal schoß er auf ihn. Aber der Schuß ging in die Baumkronen. Was war er für ein schlechter Jäger!
In der Dämmerung gab er endlich die Suche auf. Er überlegte, ob er ein Rehkitz schießen sollte, um dessen Herz dem Vater zu überbringen. Aber der Vater ging selbst auf die Jagd. Er würde das gemerkt haben.
So saß er am Ende einfach da, auf seine Büchse gestützt, und blickte ins Wasser. Im letzten Schein des Tages war ihm, als sähe er das Gesicht des Kindes vom Grund heraufschimmern wie Perlmutt.
Jetzt wirst du wahnsinnig, dachte er. Du hättest den Auftrag niemals übernehmen dürfen! Was bist du für ein Mensch? Warum hast du das getan? Er öffnete den Beutel und ließ das Geld in den Bach fallen. Blitzend tanzten die Silberlinge auf den Grund. Eine Forelle schoß heran und schnappte nach einem Silberstück. Aber sie spuckte es sofort wieder aus und schwamm davon.
Als die Mutter ihre Toilette beendet hatte, rief sie nach ihrem Kind. Es sollte ihr entgegenlaufen. Sie wollte es hochheben und drehen wie ein Karussell und herzen wie immer.
Das Kind kam nicht, statt dessen der Vater. Er hatte sein bestes Ge-

wand angelegt und schaute sie an. »Dein Haar ist sehr schön so«, sagte er.
»Was hast du mit dem Kind gemacht?« rief die Frau. Sie wußte gleich, daß ein großes Unglück geschehen war.
»Ich dachte es auch in deinem Sinne zu tun. Für uns!« sagte der Mann.
»Ist es tot?« fragte die Frau.
»Wir sind reich und werden noch reicher sein. Wir haben die größte Rodung im Wald. Du kannst alles haben, was du willst.«
»Ich will mein Kind!« sagte die Frau und fing an zu klagen und zu schreien und hörte nicht mehr auf sieben Tage lang.
Der Edelmann stand auf seinem Turm und hielt Ausschau nach dem Jäger. Aber der Jäger kam nicht.
Statt dessen kam der Walddämon. »Du hast mich betrogen!« brüllte er voller Wut.
»Ich habe dir den Lohn geschickt«, sagte der Edelmann.
»Das Kind ist verschwunden«, brüllte der Walddämon. »Du hast den Vertrag gebrochen.« Er stürmte davon, und wo er hintrat, wurden die Felder zerstört und die Köhlerhütten eingerissen. Er wütete auf der Rodung und brachte großes Leid über die Untertanen des Edelmanns. Dann verschwand er für immer im Wald.
Weil aber der Jäger nicht zurückkam, sein grausames Zeugnis vorzuweisen und den Rest des Mordlohnes einzufordern, entstand in der Frau eine Hoffnung. Vielleicht lebte das Kind ja noch. Vielleicht war der Jäger doch nicht so fühllos gewesen und hatte das Kind laufenlassen. Vielleicht irrte es irgendwo im Wald herum und suchte den Heimweg zu ihr. Rief es vielleicht nach seiner Mutter? Hörte sie da nicht seine Stimme, seine süße Stimme, draußen weit, wenn sie stundenlang am Fenster ihrer Kammer stand und in den Wald hinausstarrte?
Schließlich hielt sie es nicht länger mehr aus und lief in den Wald hinaus und suchte ihr Kind.

Überall hörte sie seine Stimme. Die Blätter der Bäume wisperten: Hier bin ich, Mutter. Der Wind sang es, und der Bach murmelte: Ich bin da, da.
Überall suchte die Mutter, überall sah sie ihr Kind, in den Felsen am Hang, in den Schwarzerlenbüschen, in der Rinde der alten Buchen. Und fand es doch nicht.
Dann saß sie erschöpft am Bach und weinte. Der Mond war aufgegangen. Es war kalt und klar. Und ihre Tränen fielen in den Bach. Und – so haben wir sagen hören – da stiegen die Muscheln aus ihren Bänken und schwammen an die Oberfläche und öffneten sich und nahmen die Tränen auf, daß sie nicht verlorengingen. Und das Mondlicht fing sich darin und gab ihnen einen wundersamen Glanz. Und manchmal, viel, viel später, kann es sein, daß einer eine Muschel fängt und eine Perle findet. Und sie ist schön wie die Träne eines Engels.
So haben wir sagen hören und sagen es weiter. Und schreiben es in dieses Buch.

2. MARGARETE SCHWIMMT DEN BACH HINUNTER

Margarete Bernstein war ein sehr erträglicher Mensch. Das fanden eigentlich alle, nur ihr kleiner Bruder Benny nicht. Aber der war selber so was von unerträglich, daß seine Meinung nicht zählte. Margarete war fast dreizehn und ging in die sechste Klasse Gymnasium. Auch in der Schule gehörte sie nicht zu den unangenehmen Typen.

Sie war zum Beispiel nicht so zickig wie Corinna, die von einem Tag auf den andern nur noch durchlöcherte Jeans tragen konnte. Wenn sie nicht ihre durchlöcherten Jeans tragen durfte, bekam sie sofort einen Migräneanfall.

Margarete war nicht so. Margarete legte keinen großen Wert auf Klamotten und fand zickige Leute unerträglich. Ein kleines Problem hatte sie allerdings auch, das die andern ein bißchen zickig fanden: ihren Namen. Die meisten hatten Gretel zu ihr gesagt. Das wollte sie aber nicht mehr, seit jemand auf

ihren Zeichenblock geschrieben hatte: »Hänsel und Gretel verliebten sich im Wald!«
Hans »Krolli« Krollmann war ein Klassenkamerad. Er wohnte auch in Gerhartingen und hatte denselben Schulweg wie Margarete. Ein Stück des Schulweges führte durch den Wald. Da radelten sie oft nebeneinanderher, von Gerhartingen in den Nachbarort, wo das Gymnasium lag. Sonst war da nichts zwischen ihnen. Aber man weiß ja, wie unerträglich manche Leute sind mit ihren unerträglichen Anzüglichkeiten! Also auf keinen Fall mehr »Gretel«!
»Gretel« durfte nur noch ihr Vater sagen. Und Benny sagte es natürlich, um sie zu ärgern. Die andern sagten einfach »Em«.
Margarete hatte rotes Haar und Sommersprossen. Das war in Ordnung, solang nicht Sabrina unbedingt über dieses Thema reden mußte. Sie hatte drei oder vier um die Nase rum und fand das absolut unerträglich.
»Das steht mir überhaupt nicht!« rief sie dauernd. »Ich find das ja so toll, wie du damit zurechtkommst, Em, mit deinen Sommersprossen. Aber dir stehen sie ja auch, zu deinen roten Haaren. Aber bei mir!«
Sie hatte, wie gesagt, drei oder vier. Margarete hatte mindestens tausend. Wenn drei oder vier so ein Problem waren, daß man schon über schönheitschirurgische Maßnahmen nachdenken mußte, warum waren dann tausend kein Problem?
Margarete war ein ausgeglichener Mensch. Aber es gab so Tage, da war auch sie ein bißchen daneben. Zum Beispiel neulich, als sie die Deutsch-Schulaufgabe rausbekamen und sie das Thema verfehlt hatte. Sie hatte einen wunderbaren Aufsatz geschrieben, aber das Thema verfehlt. Total daneben.

In der Pause erzählte ihr Corinna ganz entsetzt, daß ihre Oma zu Besuch sei und alle Löcher in ihren Jeans geflickt hätte. Und Sabrina schleppte sie vor den Toilettenspiegel und zeigte ihr eine fünfte Sommersprosse.
»Vielleicht ist es Hautkrebs«, sagte Margarete.
»Mach keine Witze, Em! Schau bloß, mitten auf der Nase, Em! Stell dir vor: mitten auf der Nase! Also, wie du mit dem Problem umgehst, das ist wirklich bewundernswert. Ich würde wahrscheinlich eine Maske tragen, wie das Phantom in der Oper, an deiner Stelle.«
Margarete schaute in den Spiegel, sah ihre Sommersprossen und ihre dicken roten Haare und fragte sich, ob sie eigentlich ganz in Ordnung wäre, wo sie doch kein Problem mit ihrem Gesicht hatte.
»Mein Bruder hat jetzt so eine Salbe gegen Warzen«, sagte Margarete. »Die streichst du drauf, und dann verwandelt sich die Warze in einen schleimigen Brei. Den brauchst du bloß abzukratzen. Vielleicht hilft das auch gegen Sommersprossen.«
»Du bist ein Ekel, Em! Weißt du das?« sagte Sabrina. Und Corinna sagte: »Jetzt darf ich die ganzen Löcher wieder reinmachen in die Jeans.«
Als Margarete nach Hause kam, war gerade eine Kundin zur Massage da. Margaretes Mutter war Krankengymnastin. Die Kundin strich Margarete über den Kopf. »Was für prächtiges rotes Haar!«
»Woher sie das nur hat«, sagte die Mutter.
»Ja, nicht wahr? Sie sind beide gar nicht rot, Ihr Mann und Sie?«
»Vielleicht ist sie ein Kuckuckskind«, sagte die Mutter und lachte.

Margarete haßte das. Sie wußte, daß sie schönes Haar hatte, aber sie haßte es, wenn man ihr über den Kopf strich wie einem Hund. »Früher hätte man mich verbrannt wegen solcher Haare«, sagte sie und ging in ihr Zimmer.

»Na! Wer wird denn so was denken!« rief die Kundin. »So negativ!«

»Ich!« sagte Margarete vor sich hin. »Ich denk so was. Weiß auch nicht, warum. Und langsam wird das ziemlich unerträglich.«

Sie hatte sich gerade wieder ein bißchen beruhigt, da kam ihr kleiner Bruder herein. »Gretel«, sagte er und popelte an seiner Warze, »du sollst mir bei Deutsch helfen.«

Das fehlte gerade noch, diesem legasthenischen Blödmann von Bruder die deutsche Sprache beizubringen. »Kann ich nicht. Selber Thema verfehlt!« sagte sie. »Und streu hier nicht deine Warzenpopel überall in meinem Zimmer rum!«

»Du mußt aber, sagt Mama.«

»Ich muß überhaupt nichts!« brüllte Margarete. »Das einzige, was ich muß, ist: Ich muß raus hier!« Sie riß die Tür auf und stürmte aus dem Haus. Sie fand ihren Abgang selbst nicht ganz angemessen, aber es mußte sein.

»Was hat sie denn?« fragte die Mutter, die immer noch mit der Kundin im Flur stand.

»Sie spinnt wie immer!« sagte Benny und popelte an seiner Warze.

»Tja«, seufzte die Mutter. »Manchmal ist sie jetzt ein bißchen unerträglich, unser kleines Fräulein. – Popel nicht an deiner Warze, Benny!«

Wenn alles so richtig unerträglich war, die Schule, das Zuhause, der kleine Bruder und sie selbst, dann mußte Margarete in den Wald und zum Bach.

Sie wohnten am nordwestlichen Rand von Gerhartingen. Als ihr Vater die Stelle als Konrektor an der Grund- und Hauptschule antrat, hatten sie Glück gehabt und konnten in die schöne alte Pfarre am Friedhof ziehen. Der Pfarrer war gestorben, und ein neuer fand sich nicht. Vom Pfarrhof war es nur eine Viertelstunde genau nach Süden über die Felder bis zum Wegkreuz und dann noch mal zehn Minuten bis zum Wald und zum Bernbach.

Mit offenen Augen lief Margarete in die Sonne, bis sie nur noch bunte Flecken sah. Bald waren auch die Geräusche der Ortschaft verstummt, und nur noch der Wind im Getreide, ihre Schritte auf dem Kies und die Lerchen hoch oben waren zu hören. So war das Leben wieder zu ertragen.

Und dann war sie im Wald und bald am Bach. Sie zog ihre Schuhe aus, setzte sich auf einen Stein und sah ins Wasser. Und sofort war da dieser Sog, das Gefühl, hineinspringen zu wollen, ganz aufzugehen im Wasser, Fisch zu sein oder selber Strudel und Strömung. »Halb zog sie ihn, halb sank er hin.« Wie gut sie diese Gedichtzeile verstand. Für sie war klar, daß der Bach von Nixen und Nymphen und Wasserweibern bevölkert war, die einen lockten. Zu achtzig Prozent besteht der Mensch aus Wasser, bin also vier Fünftel Wasserweib, dachte Margarete.

Da spürte sie plötzlich ein Beben im Boden, und auf einer Gumpe kräuselte sich das Wasser. Bachabwärts nach Osten dröhnte die Luft. Sie zog ihre Schuhe wieder an und lief ein Stück den Bach hinunter. Der Bernbach kam von Nordwesten aus dem Urgestein der Berge und floß dann hier genau nach Osten. Dann aber machte er einen Knick und bog ab nach Süden. Eine halbe Stunde bachabwärts vom Knick auf der Waldseite stand die alte Bernmühle. Dreihundert Meter östlich vom Knick wurde am Rande des Gerhartinger Gewerbegebiets die neue Fabrik gebaut. Margarete wußte nicht, was das für eine Fabrik werden sollte, es interessierte sie auch nicht besonders. Vor einem Jahr, als sie anfingen zu bauen, hatte es ein paar Proteste gegeben, doch das war anscheinend vorbei.

Jetzt aber wollte Margarete wissen, woher das Dröhnen im Wald kam. Das Bachufer war hier beidseitig dicht bewachsen. Die Kronen der Schwarzerlen trafen sich fast über der Bachmitte, so daß Margarete wie durch einen Tunnel ging. Am Knick des Baches war der Tunnel plötzlich zu Ende. Ein Großteil des Uferbewuchses auf der Gerhartinger Seite war gerodet.

Statt dessen stand da jetzt ein zwei Meter hoher Drahtzaun, der die Gebäude der Fabrik sichern sollte. Hinter dem Zaun hob ein Caterpillar einen Graben aus. Immer wenn er seine schwere Schaufel in den morastigen Boden rammte, bebte die Erde.

Margarete erinnerte sich, daß die Umweltschützer genau gegen diesen Graben protestiert hatten. Hier sollte der Bach umgeleitet werden. Man wollte ihn vom Knick weg zur Fabrik und dann wieder zurück in sein angestammtes Bett leiten. In der Fabrik sollte er ein bißchen arbeiten und die Maschinen kühlen oder so was.

Unwirklich war das hier: auf der rechten Bachseite, wo Margarete stand, der intakte, ursprüngliche Auwald mit seinem Erlengestrüpp und den hohen Pestwurzstauden, auf der anderen Seite die Rodung. Nur noch ein paar Fichten standen am Drahtzaun, wie vergessene Weihnachtsbäume. Und gleich dahinter die schwere Planierraupe und die Tieflader, die Schlange standen, um den Aushub wegzufahren.

Der Caterpillar fuhr genau auf Margarete zu. Aber sie konnte den Fahrer nicht sehen. Über die dunkle Windschutzscheibe liefen die Spiegelungen des Waldrandes wie auf einem Fernsehschirm. Die Ketten des Fahrzeugs quietschten, die bezahnte Schaufel kreischte über den Kies. Es war kein natürlicher Laut mehr zu hören, nur der Lärm der Maschinen.
Auch kein Schuß war zu hören, obwohl Margarete sicher war, daß es da einen Schuß gegeben haben mußte oder wenigstens einen Steinwurf.
Sehen konnte Margarete, wie plötzlich die Windschutzscheibe des Caterpillars splitterte. Von einem Punkt breitete sich in Sekundenschnelle ein Netz von Rissen über das Glas aus, und dann brach es in kleinen Splittern aus dem Rahmen. Jetzt sah Margarete auch den Fahrer. Er hatte die Arme vors Gesicht gehoben, zum Schutz. Er schien unverletzt, aber erschrocken. Und der Schreck genügte, daß er einen Augenblick die Kontrolle über seine Maschine verlor. Der Caterpillar machte einen Satz vorwärts und rammte eine der Fichten am Zaun. Der flache Wurzelstock des Baumes wurde aus dem Boden gerissen, und die Fichte kippte langsam auf den Bach zu.
Margarete sah, wie die Erde aufbrach und die mächtigen Haltewurzeln platzten. Und sie sah, daß der Baum genau auf sie fallen würde. Das Erlengestrüpp um sie herum würde den Fall der Fichte nicht bremsen können.
Der Baum erschlägt mich, dachte sie. Aber sie hatte trotzdem keine Angst. Ich bin ein Wasserweib, dachte sie und sprang in den Bach. Sie tauchte und hielt die Luft an.
Die Fichte krachte genau über ihr in den Bach, doch die Uferböschung nahm dem Aufprall die Wucht. Die Zweige peitschten ins Wasser und kratzten Margarete über Gesicht

und Arme, aber sonst passierte ihr nichts. Allerdings mußte sie einen tüchtigen Schwall Wasser schlucken. Der Bach schmeckte frisch und rein.
Als sie ihren Kopf aus dem Geäst hervorstreckte, hörte sie ein paar Hunde und die Befehle der Hundeführer. Es waren die Bewacher der Fabrik, Männer in schwarzen Uniformen mit scharfen Schäferhunden. Jetzt sah sie sie auch. Männer und Hunde sprangen über den niedergestreckten Drahtzaun und liefen schnell ein Stück den Bach hinauf. Offenbar verfolgten sie jemanden. Hatte also doch jemand auf den Caterpillar geschossen? Oder einen Stein geworfen?
Margarete hatte nichts und niemanden bemerkt. Und auch jetzt sah sie niemanden weglaufen. Sie hatte Angst vor den Hunden, und sie war klug genug, jetzt nicht aus dem Wasser herauszuklettern und wegzurennen. Sie duckte sich zwischen die Fichtenzweige und hielt den Atem an. Ein Stück weit bachaufwärts hörte sie die Wachmänner mit ihren Hunden durch den Bach platschen. Dann entfernten sie sich immer weiter, und auch das Bellen verhallte im Wald.
Margarete tauchte unter der Fichte durch und ließ sich den Bach hinuntertreiben. Naß war sie jetzt sowieso. Das kalte Wasser kühlte ihre Kratzer. Und im Bach hinterließ sie wenigstens keine Fährte.
Ja, der Bach war kalt, wenn auch nicht ganz so eisig wie oben im Tunnel. Hier war der Uferwuchs lichter, ließ auch die Sonne mal durch. Margarete fror nicht. Sie schwamm durch die Gumpen und ließ sich unter die überhängenden Prallufer treiben. Manchmal stieß sie gegen die Bachkiesel, aber das Gefälle war hier nicht mehr so stark. Der Bach ging sanft mit ihr um.
Es war auch wieder Stille eingekehrt, und die Geräusche des

Waldes kehrten wieder zurück. Und die Stimme ihres Baches.
Als sie sich glücklich um eine weite Biegung treiben ließ, sah sie eine alte Frau. Sie stand mit geschürzten Röcken im Wasser und hielt einen Fisch in der Hand. Sie tötete den Fisch mit einem Messer und stieg dann ans Ufer. Sie setzte sich auf einen Wurzelstock und untersuchte den Fisch.
Dann entdeckte sie Margarete und stutzte einen Augenblick. Ein Ausdruck von ungläubigem Erstaunen huschte über ihr breites Gesicht. Sie war sich offenbar nicht sicher, ob sie träumte. Aber es war alles wirklich. Ein Mädchen schwamm den Bach herunter. Und deshalb lächelte die alte Frau jetzt zufrieden.
Margarete kletterte auf der anderen Seite ans Ufer und setzte sich auf die warmen Kiesel. »Guten Tag!« sagte sie. »Ist das Ihr Bach?«
Die Alte antwortete nicht.
»Ich wollt ein bißchen baden. Mir war so heiß.« Margarete glaubte sich rechtfertigen zu müssen. Aber sie sah, daß ihre Ausrede nicht sehr glaubwürdig klang.
»Ist lang kein Kind mehr aus dem Bach aufgetaucht, schon gar nicht mitsamt den Kleidern«, sagte die Alte lächelnd.
»Das trocknet wieder«, sagte Margarete und wrang ihren Rock aus. Dann zog sie ihre Schuhe von den Füßen und goß das Wasser raus.
Die Alte untersuchte ihre Fische. Sie hatte schon bald ein Dutzend im Kübel. Sie schälte helle Kügelchen aus den Kiemen heraus, dann stieg sie noch einmal in den Bach.
»Was ist das?« fragte Margarete.
»Komm und schau's dir an!« sagte die Alte. »Mach auf die Händ'!«

Sie ließ Margarete die jungen Flußperlmuscheln aus dem Sacktuch in die Hände rieseln.
»Hatte die der Fisch gefressen?« fragte Margarete.
»Nein. Sie haben bei ihm gelebt, fast ein Jahr. Die Muttermuschel entläßt im August die Larven aus ihrer Schale. Und wenn sie Glück haben, schnappt sie die Bachforelle. Dann setzen sie sich in deren Kiemen fest und wachsen zu richtigen kleinen Perlmuscheln heran. So wie die. Und wenn sie reif sind, lassen sie los und leben ihr eigenes Leben.«
»Soll ich sie loslassen?«
»Ja, setz sie in ihren Bach!«
Margarete tauchte ihre Hände ins Wasser und ließ die kleinen Muscheln zu Boden sinken.
»Ich wußte gar nicht, daß es bei uns Perlmuscheln gibt«, sagte sie.
»Achtzig Millionen Jahre schon«, sagte die Alte und räumte ihre Sachen zusammen.
»Und in diesen Muscheln gibt's Perlen?«
»Manchmal.«
»Und wie lang dauert das, bis eine Perle fertig ist?«
»Zehn Jahre. Zwanzig. Hundert.«
»So alt werden die Muscheln?«
»Wenn man sie läßt«, sagte die Alte. »Komm mit!«
»Ich weiß nicht, ich glaub, ich muß heim«, sagte Margarete.
»Du mußt was Warmes haben, sonst wirst du krank. Komm! Ich bin die Bernmüllerin.«
Jetzt, wo sie aus dem Wasser raus war, fror Margarete ein bißchen. So ging sie mit. Es war ja nicht weit bis zur Bernmühle, das wußte sie.
Die Bernmüllerin gab ihr dann einen alten Bademantel und

hängte ihre nassen Sachen an die Stange über dem Ofen. Da hingen schon ein paar Maiskolben zum Trocknen und ein Zopf Paprika. Die Bernmüllerin hatte keinen Strom in der Mühle und mußte Feuer machen, wenn sie heißes Wasser wollte.

Die Bernmüllerin galt als etwas schrullige Eigenbrötlerin, harmlos, aber ein bißchen undurchsichtig. Margarete hatte von ihr gehört, aber sie hatte sie noch nie gesehen in Gerhartingen.

»Komm nicht viel raus hier. Hab auch nichts zu schaffen drüben im Dorf.«

»Aber Einkaufen?«

»Ich hab jemanden, der bringt mir was. Brauch auch nicht viel, weißt? Wer bist du denn?«

»Ich heiße Margarete. Ich bin die Tochter vom Lehrer Bernstein.«

Die Bernmüllerin hockte sich hin und wartete, daß das Wasser heiß wurde. Das Kind vom Lehrer also, dachte sie und schaute sich das Mädchen an. »Margarete, so hießen früher die ledigen Kinder oder die gefundenen«, sagte sie. »Mit Margarete kommt der Sommer, heißt es. Und die Margerite ist die Orakelblume, weißt? Zupf die Blütenblätter und frag: Himmel-Höll-Fegefeuer?«

»Oder: Lieb dich von Herzen – mit Schmerzen«, sagte Margarete lachend.

»Ohne Sorgen, ohne Leid – bis in alle Ewigkeit«, sagte die Bernmüllerin und goß heißes Wasser in einen Becher mit Holunderbeersaft.

Margarete schlürfte den heißen Saft und spürte, wie er warm durch ihre Glieder rann. Es war gemütlich in der alten Stube. Es roch nach Fisch und Rauch und feuchtem Holz wie in einer Wassermannhöhle. Auf einer alten eichenen Truhe lag ein Buch.

»Ist das ein Buch über Perlmuscheln?« fragte Margarete, als sie die Prägung auf dem Deckel sah.

»Muschelgeschichten, nichts weiter«, sagte die Bernmüllerin. Sie tat so, als würde ihr das Buch nicht viel bedeuten. Es war nicht sehr hell in der Kammer, und Margarete konnte es nicht sehen, aber die fahlen Backen der alten Frau röteten sich ein bißchen.

»Mein Vater hat mir mal eine Sage erzählt«, sagte Margarete, »von einer Waldfee. Die hat sich in einen Prinzen verliebt. Aber als sie zu seiner Burg kam, da hatte er eine andere. Die Waldfee hat bitterlich geweint, und ihre Tränen sind in den Bach gefallen. Aber die Tränen einer Waldfee sind kostbar und sollen nicht verlorengehen. Deshalb haben die Muscheln sie aufgefangen und Perlen draus gemacht. Und meine Mutter sagt, sie möchte keine Perlenkette, weil Perlen bedeuten Tränen.«

»Ja, das sind so Geschichten. Vom Himmelstau erzählen die Inder zum Beispiel. Oder von der Muttergottesmilch, die herabtröpfelt von den Brüsten der Himmelskönigin. In unserer Kirche war sogar mal ein Bild davon an der Decke. Haben sie übermalen lassen, die keuschen Herren. Jetzt ist die Kirche oft leer, und im Pfarrhof wohnt der Herr Lehrer mit seiner Gretl.«

Die Bernmüllerin hatte sich auf die Truhe gesetzt und strich mit der Hand über die Muschelprägung des Buches.

»Sind solche Geschichten darin?« fragte Margarete.

»Geschichten, ja«, sagte die Bernmüllerin. Sie sah zum Fenster hinaus auf den Bach, aber ihr Blick ging weiter, zurück, viel weiter zurück in die Zeit. Dann lächelte sie in sich hinein und murmelte: »Was der Bach so alles daherträgt, früher schon und immer noch. Jetzt dich, eine rote Gretl.« Sie nahm ihre Brille aus dem Etui und schlug das Buch auf. »Hör also zu! Ich les dir was vor«, sagte sie. »Wenn's dich interessiert, dann les ich dir was vor.«

MITTEILUNG ÜBER EIN MERKWÜRDIGES PERLENKIND, DAS EIN WASSERKIND WAR, SOWIE ÜBER EIN MARIENWUNDER, BEI WELCHEM DER GERHARTINGER TEUFEL DIE HAND IM SPIEL HATTE

(UM 1437)

Wir haben sagen hören, daß einmal ein Streit war um ein Wasser im Wald, das hieß Fersenbächl. Der Bach war schmal, aber er führte das ganze Jahr gut Wasser. Er kam aus einer Quelle am Fuß der Schneegipfel im Urgestein, floß bald geradewegs von Abend nach Morgen und machte dann einen Knick nach Mittag, die Ferse eben.
Darum ging der Streit. Ostwärts lag das Gut von Zacharias Gerhartinger, und der hätte das Wasser wohl brauchen mögen. Aber es floß ja nun nach Süden und trieb die kleine Mühle von Lorenz Fischer an. Das war schon immer so gewesen, sagten die einen. Die andern aber, die beim Gerhartinger schon einmal zu einem Glas Most einkehren durften, die sagten, was ihr freundlicher Wirt ihnen einblies: Dem Müller sein Großvater nämlich – oder war es der Urgroßvater schon gewesen? –, auch ein Lorenz Fischer, hätte das Wasser umgeleitet, seinerzeit; denn das Fersenbächl war auch wohl ein gutes Fischwasser, schon damals, und gut für Forellen und Krebse. Die Ferse sei also dem Fischer sein Werk gewesen. Abgegraben hätten die Müllersleut dem Gerhartinger das Wasser, eine Gemeinheit schon damals wie heute und ein Verbrechen wider die ganze Gegend um das Gerhartinger Gut.

Nun hatte freilich niemand wirklich und wahrhaftig Kenntnis von so einem Frevel. Auch die Bücher sagten nichts davon. Und deshalb konnte man über die Obrigkeit nichts erwirken, aber man muß die Dinge nur lang genug wiederholen, dann bleibt schon was hängen. So konnte der Gerhartinger also nichts weiter tun als bohren und sticheln und Zwietracht aussäen. Das aber konnte er gut.
Es gab freilich noch genug Ehrliche, die den Gerhartinger nicht mochten und seine Bosheit durchschauten. Sie brachten ihr Mahlgut gern zu der kleinen Mühle am Fersenbächl, und so hatte der Lorenz Fischer sein Auskommen.
Er hatte auch eine Frau, die Anna. Eine gute Frau und stark bei der Arbeit wie ein Mann, aber auch im fünften Jahr ihrer Ehe hatte sie ihm noch kein Kind geboren. Zuerst spotteten die Leute ein wenig, dann schwiegen sie über den Gram der Müllersleute. Aber die Gerhartinger sagten, das sei nun der Fluch der bösen Tat, und der Streit um die Ferse werde sich spätestens in der nächsten Generation lösen, wenn der Fischer keine Nachfahren zustande brächte.
Ein weniges oberhalb der Mühle lag ein kleiner Erlenbruch oder ein Auwäldchen, sagen andere. Ein Teich jedenfalls, den das Fersenbächl einmal durchquert hatte, war hier verlandet. Schilf und Faulbaum, Bittersüß und Gagelstrauch hatten sich unter den Schwarzerlen angesiedelt. Der Bach machte jetzt einen Bogen, er floß durch ein flaches Kiesbett und hatte ein paar große Steine ausgeschwemmt, auf denen sich die Wäsche gut ausschlagen ließ. Auch gab es ein paar Gumpen zum Schwemmen und Spülen.
Die Anna kam einmal die Woche hierher zum Waschen. Die Arbeit war hart, das vollgesogene Linnen war schwer, und abends war ihr der Rücken krumm. Aber wenn die Sonne durch den Auwald schien und die Finken schlugen, dann war die Mühe zu ertragen.
Auch an jenem Tag im Juni, nicht weit mehr bis zur Sonnwende, war es warm und klar, und der Bärlauch duftete. Und ein Stück weg

vom Bach auf den Wiesen blühten die Margeriten. Anna hörte es gleich, als sie mit ihrem Bündel auf den Waschplatz zuging: ein Krähen wie von einem kleinen Kind, ein Planschen und Platschen. Wird ein Otter sein, der sich ein paar Muscheln ausgräbt, dachte sie und duckte sich. Vielleicht kann ich ihn sehen. Vielleicht ist es auch etwas Gefährliches, eine Bärin mit einem Jungen, dann ist es besser, man ist vorsichtig.

Anna schlich näher, so leise sie konnte, und spähte endlich durch die Büsche an der Bachbiegung. Es war kein Otter und schon gar kein Bär. Zuerst sah sie gar nichts, dann ein Füßchen hinter ihrem Waschstein. Das Füßchen zuckte und zappelte. Da ließ Anna alle Angst fahren, warf ihr Bündel weg und lief zu ihrem Waschplatz hinüber.

Da lag ein kleines, nacktes Kind im seichten Wasser, patschte fröhlich in die Kiesel und spielte mit einer Muschelschale. Anna nahm es hoch und wickelte es in ein Tuch, aber das Wasser schien ihm nichts angehabt zu haben. Es war warm und heiter, lachte Anna ins Gesicht und zupfte sie an den Haaren.

Anna dachte sofort, dich behalte ich. Aber sie suchte doch die Umgebung ab, ob am Ende Leute in der Nähe waren, die das Kind verloren hätten, Köhler, Pilzsucher oder ein Bärentreiber. Oder vielleicht ein Trollweib, und das Kind wäre ein Wechselbalg? Aber sie hatte ja nichts zum ›Wechseln‹. Und auch sonst fand sich niemand, und so nahm Anna das Kind nach getaner Arbeit mit nach Hause.

Der Müller machte nicht viel Worte, als Anna mit dem Kind kam. Er stupste es an die Nase, und als das Kind ihn anlachte, sagte er: »Dann bleibst halt bei uns, Schneckerl.« So nannten sie das Kind, weil ihm immer ein paar rote Löckchen in die Stirn hingen.

Das Kind war schnell heimisch in der Mühle. Für Anna und Lorenz war es, als wäre das Schneckerl schon immer bei ihnen gewesen. Freilich blieb auch noch lange die Angst, es könnte eines Tages einer kommen und Anspruch erheben auf das Kind.

Aber es kam keiner.
Natürlich gab es Gerede. Plötzlich war da ein Kind auf der Mühle und nicht mehr ganz klein, und es sah den Eltern überhaupt nicht ähnlich. Schon diese zarte Haut, die manchmal schimmerte wie Perlmutt und die höchstens ein Fürstenkind haben konnte. Die Müllersleute erzählten niemandem die wahre Geschichte. Eine entfernte Base sei es gewesen, ohne Verwandtschaft sonst, und die sei im Kindbett heimgegangen, und so sei das Kind auf sie gekommen, und von einem Vater wisse man nichts. Und jetzt sei es das ihre und so gut wie ein eigenes.
Abends aber oder in der Nacht gingen der Anna die Gedanken, und sie fragte sich selbst immer wieder, wo das wunderbare Schneckerl wohl hergekommen sein mochte. »Der Storch hat's verloren«, spottete ihr Mann, der für Geheimnis und Spuk keinen Sinn hatte. »Der wird im Erlenbruch ein paar fette Frösche gesehen haben, und da ist ihm das Schneckerl aus dem Schnabel gefallen.«
Die Anna hatte andere Gedanken. Es war ja die Zeit, wo der grausame Herzog Ernst dem eigenen Sohn die Frau ertränkt hatte, weil sie nicht standesgemäß war. Eine Baderstochter und ein junger Herzog, das durfte nicht sein! Oben in Straubing hat der Herzog Ernst die Baderstochter als eine Hexe vom Henker in die Donau werfen lassen. Und wie, wenn es nun ein Kind gegeben hätte aus dieser Verbindung, und ein Jäger hätte das Kind in den Wald gebracht und in den Bach geworfen... Dann wäre das Schneckerl, ihr Schneckerl, das Kind vom Herzog Albrecht und der Agnes Bernauerin... Und es wäre kein Wunder, daß es so schön ist wie Milch und Blut und sanft wie ein Engel.
Merkwürdig war nur, daß es immerzu ans Wasser wollte, immer planschte und platschte es hinein, daß es spritzte und man Angst haben mußte, daß es ertrinkt. Aber es konnte schon bald schwimmen und erkältete sich nie.
Und so ließen es die Müllersleute gewähren und zum Bach laufen, so oft es wollte. Dort sammelte es seine Schusser, glatte, glänzende Kiesel,

die der Bach auf seinem Weg aus dem Gebirg kugelrund geschliffen hatte. Das Kind hatte ein ganzes Säckchen davon, grüne, rote, einfache graue und leuchtendweiße; manche glitzerten wie von Gold und Silber, andere wieder waren bunt marmoriert; und ganz kleine gab's, die schimmerten mattrosa oder blaugrau wie der Vollmond. Der schönste Schusser aber war zweifarbig. Er war etwa so groß wie der Daumennagel vom Schneckerl und hatte eine helle Hälfte und eine dunkle, und wenn man ihn zwischen den Fingern bewegte, dann war es, als schauten einen zwei Augen an, ein helles und ein dunkles.

Die Müllersleute hatten ihre Arbeit und wußten nicht viel von der Welt draußen, und sie achteten nicht weiter auf die Schneckerl-Schusser. Sie sahen, daß das Kind heranwuchs und zufrieden war, und lobten es, wo es ging. Als freilich einmal ein Kunde das Schneckerl vor der Mühle mit seinen Schussern spielen sah, erkannte er gleich, daß das nicht nur glattgeschliffene Kieselsteine waren, mit denen das Kind da hantierte. Er versuchte sie dem Kind abzuschwatzen, bot einen Wecken Roggenbrot dafür, dann sogar ein Geldstück. Das Kind schüttelte den Kopf. Und als der Kunde nach einem Schusser greifen wollte, da sackte das Kind seine Schätze flink ein und sprang in den Bach, ließ sich ein Stück treiben und kletterte weiter unten wieder ans Ufer.

Der Kunde aber erzählte abends in der Schänke seinen Zechkumpanen von den Schneckerl-Schussern, und die erzählten es weiter, und so wurde es schließlich auch dem Gerhartinger zugetragen, daß das merkwürdige Kind der Müllersleute einen Sack voll Perlen besitze. Ein Sack voll war es inzwischen geworden im Gerede der Leute, und alles schimmernde Perlen, groß wie Gockelaugen

»Kann gut sein«, sagte der Gerhartinger und grinste verschlagen. »Ist der Bach doch voller Muscheln. Nicht bloß wegen der Fische haben die Leute den Bach umgeleitet. Auch wegen der Perlen. Da sieht man es!«

Der Besitz von Perlen aber war den einfachen Leuten verboten. Schon

das Ausheben der Muscheln und Aufbrechen, ganz und gar aber das Behalten. Die Müllersleute wußten davon nichts, kamen wenig herum, kannten keine Erlasse und Dekrete und hatten auch gar nicht darauf geachtet, daß unter Schneckerls Kieselsteinen Perlen waren. Dem Gerhartinger aber kam die Kunde gerade recht.
Er trieb Handel auch in der Stadt und auf dem Roßmarkt, und er kannte folglich das Dekret, das die Herzöge kürzlich erlassen und ihren Pflegerichtern und Amtsleuten übersandt hatten und damit auch dem Franz Zaler, Pfleger dahier bei ihnen im Wald.
Gemäß diesem Dekret sollte alles, was man in den Bächen und Flüssen des Waldes fand, Gold, Silber, Perlen oder Edelsteine, den Herzögen gehören und wohl auch zugeleitet werden durch die Pfleger. Sie konnten's gut gebrauchen, die hohen Herrn, stand doch all daumenlang ein Krieg ins Haus oder war der vorangegangene noch nicht abbezahlt.
»Also haben Wir«, schrieben die Herzöge, »Unseren getreuen Dienern ganz ernstlich befohlen: Weder Bauer noch sonst jemand darf diese feinen Perlen suchen, auch nicht kaufen oder verkaufen. Wer eine solche Perle findet, hat sie dem Pfleger in Unserem Namen zu bringen und zu kaufen zu geben. Dieselben, die sich nicht an Unser Gebot halten, mögen Wir strafen an Leib und Gut nach Unseren Gnaden.«
Dieses Dekret also kannte der Gerhartinger und nutzte es und ging hin und denunzierte den Fischer Lorenz beim Pflegamt. Der Büttel kam mit einem Beamten auf die Mühle und fand auch, wie angegeben, die Perlen in Schneckerls Schussersäckchen. Die Müllersleute waren ja ohne Arg und hatten nichts verbergen wollen.
Das Kind schrie wie am Spieß, als man ihm die Schusser wegnahm, und biß dem Büttel in die Hand. Aber es half nichts. Alle Perlen wurden konfisziert und auch die Schusser aus Stein. Weil man nie wissen könne, sagte der Beamte, und der Büttel nickte dazu. Nur den zweifarbigen Schusser konnte das Kind retten, weil es ihn verschluckte.

Daraufhin wollte der Büttel auch das Kind mitnehmen. Aber es konnte sich ihm entwinden und sprang in den Bach und tauchte nicht mehr auf.

Etwa eine Woche nachdem sie ihren Lorenz in den Turm gesteckt hatten, wachte die Anna in der Nacht auf, weil das Mühlrad stehenblieb. Sie trat, wie sie war, im Hemd hinaus und sah im Sternenlicht den Bach versiegen. Da ging sie, wie sie war, in den Wald hinein und sprach nie wieder ein Wort.

Der Gerhartinger aber sprach von einem Wunder und spendierte Most, soviel man wollte. »Das Fersenbächl hat sich einen neuen Weg gesucht über Nacht«, sagte er, »durch die gnadenreiche Hilfe Unserer Lieben Frau. Es fließt jetzt wieder geradewegs nach Osten, wie es sich gehört.«

Man hatte davor freilich die Männer vom Gerhartinger an der Ferse gesehen bei Nacht und Nebel. Aber die hätten nur das neue Ufer nach Süden hin ein wenig befestigt, sagte der Gerhartinger, damit er dort eine Gnadenkapelle aufrichten könne für die Jungfrau Maria in ihrer übergroßen Güte.

Der Fischer Lorenz, so hören wir, soll dann fortgegangen sein, als man ihn gebrochen aus dem Turm entließ.

Und ein paar Mal will man noch das Kind gesehen haben in sternklaren Nächten, wie es das Bachbett oberhalb der Mühle absuchte, da, wo früher der Erlenbruch gewesen war oder das Auwäldchen und Annas Waschplatz. Jetzt war dort alles verdorrt und voll Dornengestrüpp, und die glänzenden Kiesel waren mit Moos bewachsen und die Muschelbänke verfault. Dort also will man das Kind noch manchmal gesehen haben. Wo ist mein Bach? soll es gerufen haben. Aber genau wissen wir das natürlich nicht. Wir haben es nur gehört…

3. DER WAGEN AUF DEM DACH

Margarete kam spät nach Hause, und ihre Eltern sagten: »Wir sind ziemlich enttäuscht.« Das war man doch gar nicht von ihr gewohnt! Sie sprachen von Vertrauensbruch. Und: »Ist denn kein Verlaß mehr auf dich!« Und: »Was ist bloß los mit dir?«

»Sie hat die Pubertät!« rief Benny, als wäre das eine Krankheit. Und ihr Vater sagte: »Und ich dachte schon, meine Gretl läßt das aus und wird gleich vernünftig.«

Margarete widersprach nicht und erzählte nichts. Sie sei spazierengegangen im Wald und hätte die Zeit vergessen.

»Bist du unter die Bärentreiber gefallen, so zerkratzt, wie du bist?« fragte der Vater.

»Und was ist mit deinen Sachen?« fragte die Mutter. »Hat doch gar nicht geregnet. So verknautscht! Bist du in den Bach gefallen?«

»Weiß nicht«, sagte Margarete und verkroch sich in ihr Zimmer.

Weiß nicht – ja, das war es. Sie wußte wirklich nicht so recht, was sie von alldem halten sollte.
Da ging sie im Wald spazieren, hier gleich nebenan, und traf eine alte Frau, die aussah, als lebe sie schon hundert Jahre in dieser Mühle oder sogar tausend. Und dann liest die ihr eine Geschichte vor, in der eine Frau Fischer ein Kind mit roten Locken aus dem Bach fischt. Und der böse Nachbar heißt Gerhartinger! Allerdings hieß hier und heute der Bach Bernbach und nicht Fersenbächl und floß ja auch nach Süden vom Knick weg, war also nicht nach Gerhartingen umgeleitet worden.
»Das gibt's doch alles gar nicht!« sagte Margarete und holte ihr Mathebuch heraus. Was Konkretes jetzt, bitte! Eins und eins ist zwei!
Sie erzählte niemandem etwas von dem Nachmittag in der Bernmühle. Auch nicht in der Schule. Auch nicht ihrer besten Freundin Julia. Einmal war sie allerdings nah dran.
»Weißt du eigentlich, daß es im Bernbach Perlmuscheln gibt?« fragte sie Julia.
»Ich find Muscheln ziemlich eklig«, sagte Julia. »Ich könnt die nie essen, so mit Darm und allem drin gekocht.«
»Du sollst sie doch gar nicht essen!«
»Mein Onkel ißt sie roh. Austern, direkt aus der Schale. Eklig! Mein Vater sagt, die schmecken wie Rotz mit Fischgeschmack.«
Der brauchst du nichts erzählen, dachte Margarete. Muscheln sind irgendwie nicht ihr Thema. »Ich weiß gar nicht, ob man Perlmuscheln essen kann. Aber es können Perlen drin sein. Echte Perlen!«
»Glaub ich nicht. Heute nicht mehr! Das war früher so«, sagte Julia.

Margarete sagte nichts mehr. Sie war ja eigentlich auch keine große Muschelfreundin, hatte zum Beispiel nie richtig Muscheln gesammelt wie andere Kinder, wenn sie in den Ferien am Meer waren. Und das grauenvolle, mit Muscheln beklebte Kästchen von Tante Helga aus Helgoland hatte sie sofort auf dem nächsten Flohmarkt verkauft.
Vielleicht sollte sie das alles gar nicht so wichtig nehmen. Zufälle! Gibt's ja, daß manchmal was zusammenzupassen scheint und hat doch keinerlei Bedeutung.
Margarete wollte nicht schwierig sein, wollte eigentlich auch nichts zu tun haben mit komplizierten, geheimnisvollen Geschichten von alten Büchern und alten Mühlen im Wald. Sie war die Tochter ihrer Eltern, kein Findelkind, sie war fast dreizehn, machte ihre Hausaufgaben und ging in die Schule, wie die andern auch.
Am Waldrand wartete Krolli auf sie. Das war nicht üblich. Meistens trafen sie einfach so zusammen, er kam aus seiner Straße von unten aus dem Neubauviertel, und sie kam vom Pfarrhof her. Jetzt wartete er also. Das war ihr nicht recht. Sie war froh, daß ihr kleiner Bruder einen andern Schulweg hatte und sie nicht zusammen sah. Er ging in Vaters Grund- und Hauptschule oben im Dorf.
Margarete sah sich um. Niemand in der Nähe, gut. Sie haßte Gerüchte und wollte auf keinen Fall Anlaß geben, daß die alten Sprüche wieder auftauchten, von wegen »Hänsel und Gretel«! Oft fuhr sie absichtlich früher los, um Krolli nicht jeden Tag zu treffen. Sie grüßte im Vorbeiradeln, vielleicht wartete er ja auf jemand anderen.
Aber er wartete auf sie. Er ruderte heftig mit den Armen und rief: »Warte!« Und: »Halt mal! Muß dir was zeigen!«
Margarete hielt an. »Was denn?«

»Hast du gehört, beim Speck?«
»Was ist mit dem Speck?«
»Na, der Speck. Unten bei uns. Der sich die Villa gebaut hat. Der Speck. Dem die Fabrik gehört.«
Ja, jetzt wußte Margarete Bescheid. Eine Zeitlang hatten alle Leute davon geredet, daß sich der Herr Dr. Speck eine Villa bei ihnen baut. Nicht nur die Fabrik wird erweitert, sondern der Chef selber zieht hierher. Der tut was fürs Dorf. Schafft Arbeitsplätze und liebt die Gegend. Solche Männer brauchen wir hier!
»Und was ist mit dem Speck?« fragte Margarete.
»Komm, ich zeig's dir!«
Die Speck-Villa war fertig. Weiß und prächtig leuchtete sie zwischen den alten Bäumen, die man weitgehend erhalten hatte. Der Garten vor dem Haus war noch nicht angelegt. Eine hohe Mauer zog sich um das Anwesen, und nur durch ein schmiedeeisernes Tor konnte man den Eingang des Hauses sehen.
Den Mistwagen auf dem Dach freilich sahen alle. Es war ein alter Leiterwagen, kein großer, nur ein Handwagen für ein paar Milchkannen vielleicht. Ein Karren, wie er in jeder Scheune herumstand. Er saß oben auf dem First, gleich hinter dem Kamin, ein feister, frecher, stinkender Dachreiter. Ein frischer, feiner Haufen Mist war aufgeladen, der leicht in der Morgensonne dampfte.
»Mannomann, ist das schön!« sagte Margarete und lachte. »Was soll denn das bedeuten?« Sie lebte jetzt zwei Jahre in Gerhartingen und dachte, das wäre vielleicht ein Brauch hier.
»Keine Ahnung«, sagte Krolli. »Hab ich auch noch nie gesehen. Jedenfalls ist die Kacke gewaltig am Dampfen.«

Vor der Haustür stand Herr Speck mit dem Dorfgendarmen. Und der Postbote war auch schon da. Herr Speck redete heftig auf den Gendarmen ein. Der aber zuckte nur mit den Schultern und wies auf den Postboten. Der Postbote war offensichtlich seiner Meinung. Er nickte, zuckte auch mit den Schultern und breitete die Arme aus: Da kann man nichts machen! Dann schauten Gendarm und Postbote zum Dach hinauf, schüttelten den Kopf und lachten, worauf Herr Speck wütend wurde und im Haus verschwand.
Inzwischen hatte sich das halbe Dorf vor der Villa versammelt. Jeder, der konnte, machte den kleinen Umweg auf dem Weg zur Arbeit.
»Jaja«, sagten die Leute und nickten vielsagend.
»Da schau her«, sagten die anderen. »Der saubere Herr Dr. Speck und soviel Mist auf dem Dach!«
Und die Praktischen meinten, den Mist könne er gleich für seinen Vorgarten verwenden. So ein guter Mist! Gibt nicht viele, die noch so einen guten Mist haben in der Gegend.
»So, Sie haben einen Verdacht?« hakte der Gendarm ein.
»Nein, das nicht. Einen Verdacht natürlich überhaupt nicht!« sagten die Leute. »Wir doch nicht!«
Niemand verurteilte den Frevel. Es war schließlich der 1. Mai gewesen gestern und die Nacht davor die Freinacht, des Teufels Mettennacht, wie man so sagt. In dieser Nacht trieben die Burschen allerlei Unfug. Wer wollte ihnen das verwehren? Und wenn's einen Großkopferten traf, um so besser. Trifft sowieso sonst immer nur die Kleinen. Und wenn der Speck den Mist auf dem Dach hat, dann wird er schon wissen, warum.
So redeten sie, die Dorfleute, und zogen ihrer Wege. Und auch Margarete und Krolli radelten in die Schule.

»Wer meinst du, daß es war?« fragte Margarete.
»Keine Ahnung«, sagte Krolli. »Von uns keiner jedenfalls. Vielleicht die Häusler.«
»Meinst du, die machen so was?«
Die Häusler wohnten am Rande des Gewerbegebietes. Ein paar kinderreiche Familien, ärmliche Verhältnisse, Sozialhilfeempfänger. Die Dörfler trauten ihnen alles zu.
»Oder es war die Schützenjugend«, sagte Krolli, »oder die von der Feuerwehr. Die hätten die Leiter dazu.«
»Hättest du da auch mitgemacht?«
»Ja«, sagte Krolli. »Ich mag den Speck nicht. Mein Vater sagt, ob das so eine saubere Fabrik wird, wie der Speck behauptet, das muß sich erst noch erweisen.«
Normalerweise achtete Margarete darauf, daß sie nicht direkt neben Krolli auf den Schulhof fuhr. Jetzt hatte sie vor lauter Reden nicht daran gedacht.
Sabrina stand auf dem Hof mit Corinna.
»Ah!« rief sie. »Hänsel und Gretel! Wann kauft ihr euch ein Tandem?«
Margarete ärgerte sich, aber sie ließ sich nichts anmerken. »Hallo, Phantom«, sagte sie und stellte ihr Fahrrad in den Ständer. »Wann kaufst du dir deine Maske? Du hast schon wieder eine Sommersprosse!«
»Sei nicht so zickig, Em«, sagte Corinna. »Oder hast du deine Tage?«
»Soll ich dir ein paar Löcher in die Hose machen?« sagte Margarete.
»Spinnst du!« rief Corinna. »In die doch nicht! Schau, mit Schlag. Jeans mit Schlag! Löcherjeans sind doch total out.«
Margarete ließ sie stehen. Was haben die bloß gegen mich, dachte sie, bloß weil ich zufällig den gleichen Schulweg habe?

Fehlt nicht viel und die stellen mir auch einen Karren Mist aufs Dach.
Beim Mittagessen wurde natürlich auch über den Freinacht-Streich beim Speck geredet.
»Daß das keiner gemerkt hat?« sagte Benny.
»Die hatten doch Hebfeier für den Kühlungskanal vorgestern, und gestern war Feiertag«, sagte der Vater. »Die ziehen ja gerade erst ein. Vielleicht schlafen sie noch gar nicht in der Villa.«
»Ich hätte da gern mitgemacht«, sagte Benny. »Wann kommt Mama?«
»Macht Hausbesuche heute. Weißt du doch!« sagte Margarete.
»Na, laß dir so was bloß nicht einfallen«, sagte der Vater. »Das ist knapp am Kriminellen, diese Freinachtspäße.«
»Wer meinst du, daß es war, Papa?« fragte Margarete. »Der Krolli meint, die Häusler.«
»Denkbar wär's«, sagte der Vater. »Der Speck hätte die ja gern weg aus seiner Nachbarschaft.«
»Warum?« fragte Benny.
»Na, die schöne neue Fabrik und daneben die vergammelten Baracken!« sagte der Vater.
»Glaubst du eigentlich, Papa, was die sagen: daß das dem Bach nichts ausmacht, wenn sie ihn in die Fabrik umleiten?« fragte Margarete.
»Ich weiß es nicht. Sie sagen es jedenfalls. Und ein Gutachten gibt's auch. Soll die modernste Fabrik Europas werden. Absolut umweltverträglich, heißt es.«
»Aber wenn der Bach zur Kühlung dient, dann ist er doch wärmer geworden, wenn er hinten wieder rauskommt.«
»Dann kann man wenigstens drin baden«, sagte Benny.

»Aber die Tiere im Bach, die Fische und Muscheln und alles, die sind doch eine bestimmte Temperatur gewöhnt«, sagte Margarete.
»Seit wann interessierst du dich für Wassergetier?« fragte der Vater.
»Tu ich ja gar nicht. Ich meine nur. So ganz umweltverträglich ist das ja wohl auch nicht, oder?«
»Du hast natürlich recht, wie immer, meine Gretel. Aber wer einen schönen Arbeitsplatz kriegt, dem sind ein paar Muscheln egal.«
»Mir sind Muscheln auch egal«, sagte Benny.
»Weil du sowieso blöd bist«, sagte Margarete.
»Und du bist das selber!« sagte Benny. Und damit war das Tischgespräch beendet.
Die Mutter wußte dann später, daß der Gendarm überall rumfragt, pro forma, daß man ihm nichts nachsagen kann, aber keiner wisse was oder wolle etwas wissen. Und bei den Häuslern sei er natürlich auch gewesen. »Bei deinem Severin natürlich auch.«
»Ja, das ist so ein Kandidat«, sagte der Vater.
»Was ist ein Kandidat?« fragte Benny.
»So was wie du, Blödmann!« sagte Margarete. »Ist der in deiner Klasse, Papa?«
»Ja, in der sechsten. Aber er ist schon fünfzehn.«
»Und warum ist der ein Kandidat? Das will ich jetzt wissen!«
»Ein Kandidat für alles mögliche ist der. Neulich hab ich ihm wieder eine Steinschleuder abgenommen. Schießt überall rum, der Bursche! Ist doch lebensgefährlich, so eine Schleuder!«
»Könnte der das auch mit dem Mistwagen gewesen sein?« fragte Margarete.

»Allein schafft das keiner. Nicht mal der Severin.«
»Komischer Name: Severin!« sagte Benny.
»Immer noch besser als Benjamin!« sagte Margarete.
»Ist das vielleicht dein Verliebter?« rief Benny und trat Margarete gegen das Schienbein. Margarete boxte ihn in die Seite.
»Hört doch auf!« riefen die Eltern. »Laßt doch eure kindischen Kabbeleien!«
Margarete ging in ihr Zimmer. Sie fand das selber blöd und kindisch. Aber irgendwie war alles so nervig. Was sollte sie denn machen?
Besonders unerträglich wurden die Wochenenden: so viel Zeit zum Grübeln, so viel Gelegenheit, um mit allen andern aneinanderzugeraten. Julia hatte wenig Zeit. Sie entwickelte sich zu einem unangenehmen Tennis-Turnier-Kid, das dauernd von der ehrgeizigen Mutter zum Tennisplatz gekarrt werden mußte. Ein bißchen hatte auch Margarete gespielt, aber seit Julia so zwanghaft wurde, faßte sie keinen Tennisschläger mehr an.
Ihr Vater hatte auch keine Zeit, mußte mit Benny-Blödmann Diktat üben, und ihre Mutter hatte nur so wundervolle Beschäftigungsangebote wie Unkraut jäten und Komposthaufen umsetzen. So machte sie sich aus dem Staub und ging ein bißchen. Mehr konnte man auf dem Dorf nicht anfangen, bißchen gehen, hierhin und dahin, nur so der Nase nach.
Zuerst wollte sie über die Felder zum Bach. Aber irgend etwas hielt sie davon ab. Seit sie den Bach hinuntergeschwommen war, spürte sie einen merkwürdigen Sog, wenn sie nur das Wort Bach dachte. Oder Müllerin. Oder Muscheln. So, als setze sie irgend etwas unter Strom, als wäre sie an etwas angeschlossen. Das machte ihr ein bißchen angst.
Sie ging über den alten Friedhof. Die Gräber waren sorgfältig

gepflegt, die Mauern mit dichtem Efeu bewachsen. Um den großen, weinenden Engel aus Stein rankte sich eine leuchtendrote Kletterrose.

Wenn ich einmal tot bin, dann möchte ich hier liegen, dachte Margarete. Ihre Oma wollte sich verbrennen lassen, das sei sicher bei Scheintod und gehe schnell und nehme nicht soviel Platz weg. Nur niemandem zur Last fallen, nicht mal als Leiche! Margarete wollte aber nicht als Luftverschmutzung durch den Kamin abgehen. So ein Efeu möcht ich werden, dachte sie, so prächtig wuchernd und grün. Oder so eine Rose, um den traurigen Engel zu trösten.

Eine Amsel schlug zeternd Alarm und weckte Margarete aus ihrer »Stimmung«. Das hatte sie jetzt manchmal: Stimmungen. Oh, Mann! Samstag. Sonnenschein. Und sie hier auf dem Friedhof! Die Amsel schimpfte immer noch, wahrscheinlich schlich eine Katze durchs Gebüsch.

Doch dann sah sie, daß draußen ein paar Jungen an der Taxushecke entlanghuschten. Sie schleppten einen alten Sack mit sich, der Sack schien ziemlich schwer.

Margarete duckte sich hinter den Engel und spähte ihnen nach. Aber sie brauchte sich nicht zu verstecken. Die Jungen achteten nicht auf sie. Sie rannten über die Straße und dann zum Birkenwäldchen in Richtung Dorf. Margarete hatte sie nicht erkannt, doch sie dachte gleich an die Häusler. Sie wollte sehen, was die machten, und folgte ihnen.

Aber sie sah sie nicht mehr. Hinter dem Birkenwäldchen lag die Fabrik. Wollten sie da irgendwas anstellen? Der hohe Maschendraht hielt Unbefugte fern. Das schwere Eisentor an der Einfahrt war zu, und im Pförtnerhäuschen saßen zwei Wachmänner. Der Kühlungskanal war fast fertig, zwei schwarze Betonrinnen nebeneinander, gleich hinter dem Drahtzaun.

Jetzt wurde an der Schleuse gearbeitet, die den Bach umleiten sollte.
Im Dorf läuteten die Glocken. Auf dem Kirchplatz stand eine Hochzeitsgesellschaft. Margarete blieb etwas abseits stehen. Sie wußte nicht, ob sie weiter nach den Jungen suchen oder auf die Brautleute warten sollte. Drei Straßen mündeten hier, eine von der Fabrik herüber, eine von Süden aus dem Neubauviertel und eine von Norden aus dem Nachbarort.
An dieser Einmündung stand das Kriegerdenkmal, ein müder Löwe aus Stein und eine Tafel mit den Namen der Gefallenen, zugewuchert von Holundergestrüpp. In diesem Gestrüpp hockten die Jungen mit ihrem Sack versteckt.
Als sich das blumengeschmückte Brautfahrzeug näherte, schoß plötzlich ein dürrer Kerl aus dem Holunder, zerrte eine Kette über die Straße und hielt damit den Brautwagen auf. Das Fahrzeug bremste abrupt und blieb stehen.
In der wartenden Gesellschaft wurde gelacht und gepfiffen. Offenbar war man über den Streich informiert.
Margarete sah, daß zwei Jungen im Holunder steckten und die schwere Kette straffzuhalten versuchten. Jetzt kam noch einer aus dem Gebüsch. Er hatte einen Pappzylinder auf und eine abgewetzte schwarze Jacke an. Es war Severin. Er trat an das Auto heran und wartete, bis das Fenster heruntergekurbelt wurde. Dann rief er:

»Wer herein will, der muß zahlen.
Wir verlangen Geld von allen!«

Er zog den Hut und hielt ihn dem Bräutigam hin. Der Bräutigam legte einen Geldschein in den Zylinder. Severin holte den Geldschein heraus und zeigte ihn in die Runde. Ein Zehnmarkschein. Severin steckte das Geld ein und rief:

»Der Bräutigam ist ein armer Mann,
der bei uns nicht hereinfahr'n kann!«

Die Hochzeitsgäste lachten und applaudierten. Und der arme Bräutigam legte noch einmal einen Zehner in den Zylinder. Wieder holte Severin den Schein heraus, zeigte ihn herum und rief:

»Das Geld, das ist zu wenig,
drum bleib'n wir da und geh'n nicht!«

Severin ging einmal um das Auto herum und schepperte an der Kette. Dann hielt er ein drittes Mal den Zylinder ans Fenster. Der Bräutigam gab einen dritten Zehner. Und in der Gesellschaft murrten die ersten, jetzt sei es aber genug.

Das fand Severin aber offenbar nicht.

»Wir sind vier Männer,
und jeder kriegt einen Zehner!«

Jetzt schimpfte die Gesellschaft: diese Häusler! Unverschämtes Pack!

Aber weil sich der Dürre nicht rührte und Severin seinen Zylinder nicht wegnahm, gab der Bräutigam den vierten Zehnmarkschein. Severin steckte ihn ein, setzte den Zylinder auf und rief:

»Das Geld haben wir genommen.
Jetzt seid ihr hier willkommen.«

Dann gab er dem Dürren ein Zeichen. Der rannte mit der Kette wieder ins Holundergebüsch. Sie steckten die Kette in den Sack und stürmten johlend davon.

Der Brautwagen fuhr endlich vor die Kirche. Das Brautpaar stieg aus, und die Gesellschaft schritt feierlich durch das Portal zur Trauung.

Einen Augenblick überlegte Margarete, ob sie mit hineingehen und die Trauung anschauen sollte, aber dann drehte sie

sich um und wollte weggehen. Dabei wäre sie beinahe in einen Mann hineingelaufen, der offenbar schon die ganze Zeit hinter ihr gestanden hatte.
»'tschuldigung!« sagte sie und wollte an ihm vorbei. Der Mann hatte einen Hut mit einer Auerhahnfeder auf. Margarete hatte ihn noch nie gesehen.
»Gehst nicht auf die Hochzeit?« fragte der Mann.
»Nein. Ich muß heim.«
»Normalerweise mögen's das, die Mädeln: weißes Gewand und Schleier und Spitzen. Du nicht?«
Er stand ihr im Weg und grinste hinter seinem struppigen Bart.
»Bist die vom Lehrer, stimmt's?«
»Nein!« sagte Margarete.
»Wirst es schon sein, wenn du so rot wirst«, sagte der Mann. »Die rote Gretl. Das kennt man. Gibt nicht so viele wie dich.«
Margarete blieb stehen und sah den Mann an. Wer war das? Was wollte der von ihr? War er gefährlich?
»Brauchst keine Angst haben vorm Hahnenschwanzbartel«, sagte der Mann. »Soll dich grüßen von der Bernmüllerin. Und warum du gar nimmer kommst? Sie hat gedacht, du magst den Bach und die Muscheln. Und daß du wieder einmal kommen sollst zum Vorlesen, meint sie. Vielleicht.«
»Ich weiß nicht«, sagte Margarete unsicher. »Vielleicht komm ich mal wieder. Hab so wenig Zeit. Aber Sie können ihr ja einen schönen Gruß ausrichten von mir, Herr... Herr Bartel.«
»›Herr Bartel‹, das ist gut«, sagte der Bartel und lachte laut. »Das haben noch nicht viele gesagt zu mir. Brauchst auch nicht Sie sagen zu mir. Komm, ich schenk dir was.« Er holte

sein Sacktuch aus der Hosentasche und wickelte einen grauen verfilzten Ball heraus und gab ihn Margarete. Sie hielt ihn vorsichtig und weit von sich weg auf der ausgestreckten Hand.

»Das ist ein Gewölle«, sagte der Bartel. »Von der Eule. Der Speiballen, weißt?«

Margarete verstand. Sie wußte, was das war. Eine verdaute Maus, und das waren das Fell und die Knochen, die die Eule wieder rausgewürgt hatte. »Danke«, sagte Margarete und versuchte zu lächeln.

»Bitte. Findet man nicht mehr oft, weil die Eulen so selten werden.«

»Ja«, sagte Margarete. »Ich muß jetzt wirklich gehen.«

»Mußt dir in der Silvesternacht einen Talisman draus machen, ein Amulett. Das hilft gegen alles Unglück. Echt wahr!«

»Ja«, sagte Margarete, der nun gar nicht mehr wohl war bei dem Gespräch. »Ich geh aber jetzt!«

»Ja, gut. Aber denk an die Bernmüllerin.«

»Ja«, sagte Margarete. »Auf Wiedersehen.«

»Sicher. Auf ein Wiedersehen. Und die Maus soll dir Glück bringen!« Er zog den Hut, drehte sich um und ging weg.

Wie soll eine ausgekotzte Maus Glück bringen, dachte Margarete und warf das Gewölle über den nächsten Gartenzaun. Dann wusch sie sich die Hand in einer Pfütze und ging schnell nach Hause.

Die Bernmüllerin saß in diesen Tagen gern auf dem Steg vor der Mühle und strickte. Jetzt kam allmählich der Sommer auch in den Wald. Die wilde Kirsche hinten beim Mühlrad trieb ihre rosa bespitzten Knospen heraus. Die Bernmüllerin strickte ein Paar Strümpfe. Immer bis Sommersonnwende strickte sie ein Paar neue Strümpfe. Sie ging schon lang nicht mehr zum Fest am Sonnwendfeuer. Aber das Stricken hatte sie beibehalten. Teilt das Jahr, sagte sie sich, hat alles seine Zeit und Ordnung so. Und ist gut nachdenken beim Stricken und fast eine Musik, das Klingeln der Nadeln gegen den Bach und den Wind. Dem Mädchen galt ihr Nachdenken und dem Buch.

Das Buch war auf sie gekommen von ihrer Mutter. Und die hatte es wieder von ihrer Mutter. Immer hatten es die Frauen gehabt und an die Frauen weitergegeben. Nun hatte sie es. Ihre Schwester war fortgegangen und allein gestorben draußen in der Welt. Die Bernmüllerin hatte hier einen Mann gefunden, der die Mühle noch betreiben wollte. Aber bald war ihm alles zu schwer gewesen, und es ging nicht mehr um, wie man so sagt. Und dann starb er ihr weg sehr schnell. Kinder hatten sie nicht. So lebte sie allein. Nun schon bald zwanzig Jahre.

Und jetzt kam dieses Mädchen. Die Bernmüllerin fragte sich, ob sie das fremde Kind da reinziehen durfte. Durfte sie überhaupt denken, daß dieses Mädchen jemand wäre, dem man das Buch geben könnte, wenn's Zeit wär? Niemand hatte ihr gesagt, wie es weitergehen sollte nach ihr. Sie wußte so wenig über die Dinge. Warum hatte ihr die Mutter nicht mehr gesagt?

»Da ist das Buch«, hatte sie gesagt. »Die Geschichten kennst du. Hinten ist noch ein Platz. Deine Großmutter hat die letzte Geschichte hineingeschrieben. Ich nicht. Zweimal Krieg in meiner Zeit, da hat man anderes zu tun als Geschichten vom Bach zu erzählen. Aber wenn du meinst, es gibt was zum Schreiben, dann schreib es!«

Bis jetzt war nichts passiert, was in das Buch gepaßt hätte.

Aber jetzt bauten sie den Kanal in die Fabrik, und das Kind war ihr vor die Füße geschwommen. Jetzt passierte vielleicht ihre Geschichte. Oder war es nur ein Hirngespinst in ihrem alten Kopf? Wie erkenne ich, was ich einzutragen habe? dachte die alte Frau.

Und noch etwas machte ihr Sorge. Im Buch war nicht mehr viel Platz. Würde ihre Geschichte die letzte sein? Die letzte für den Bach und die Muscheln und alles? Das wollte sie nicht. Solange Platz war im Buch, gab es eine Zeit für den Bach.

Das überleg ich mir gut, dachte die Bernmüllerin. Sehr gut überleg ich mir das. Und erst mal sehen, was kommt.

Aber das Mädchen ging ihr nicht aus dem Sinn.

An dem Abend, als im Dorf die Hochzeit war, ging sie an ihre Truhe und holte die Perle heraus. Ganz tief unten steckte die Perle, weil das nun doch etwas gewesen wäre, was das Stehlen gelohnt hätte. Die Perle steckte in einem brüchigen schwarzen Samtbeutel, der mit einem Lederband verschnürt war. Der Beutel war sehr alt, und von dem Samt war nicht mehr viel zu sehen. Die Bernmüllerin zog das Lederband auf und ließ die Perle in ihre Hand rollen.

Die Perle war groß wie eine Kindermurmel. Sie war vollkommen rund, ohne Makel. Sie hatte aber zwei Seiten. Die eine Hälfte war weiß und licht und von reinstem Wasser, wie man so sagt. Die andere Seite war dunkel gestreift wie ein Tigerauge aus Achat.

Die Bernmüllerin nahm eine leere Tonschüssel und stellte sie auf den Tisch. Dann verschloß sie die Perle in ihrer Faust, drückte die Faust an Brust und Stirn und warf die Perle in die Schüssel wie ein Croupier die Roulett-Kugel. Die Perle lief am Schüsselrand entlang im Kreis, drehte sich, zeigte mal die helle, mal die dunkle Seite, sprang auch mal über eine Un-

ebenheit in der Schüssel und sank dann schnell auf den Schüsselboden hinunter.
Die alte Frau schaute ihr gespannt zu. Was wird die Perle zeigen: die helle oder die dunkle Seite? Was wird sie wissen: das Gute oder das Schlechte?
Die Bernmüllerin griff zu, noch ehe die Perle richtig ruhig lag. Es war die dunkle Seite.
Aber das wollte die alte Frau nicht gesehen haben. Und dachte gleich: Du hast zu früh hineingegriffen! Warum hast du keine Geduld? Wär noch hinübergewechselt auf die helle Seite, wahrscheinlich. Oder wenigstens unentschieden stehengeblieben. Das gibt es ja auch, daß sie auf der Kippe bleibt. Soll sie das Orakel noch einmal fragen? Nein, man darf nicht spielen mit den geheimen Kräften. Muß es eben ungewiß bleiben. Besser ungewiß als eindeutig schlecht.
Sie nahm die Perle und drehte sie zwischen ihren Fingern. Die helle Seite schimmerte rosa und blau und hellgrün. Und in dem Schimmern war ein Gesicht. Das Mädchen. Margarete, die den Bach heruntergeschwommen war. Sie lachte aus der hellen Seite der Perle.
In dieser Nacht hatte Margarete einen Traum: Sie sah eine Hochzeit. Das Brautpaar war beim Geschenkeauspacken. In einem Paket war eine große Muschel. Sie war mit Tesafilm zugeklebt. Als die Braut den Klebestreifen abriß, sprang die Muschel auf, und eine Margerite wuchs heraus.
Als sie sich am Morgen an den Traum erinnerte, fiel ihr ein, daß sie einmal auf einem Jahrmarkt solche Muscheln gesehen hatte, die man ins Wasser legen mußte, und dann wuchsen bunte Papierblumen heraus.
Ein paar Tage später ging sie in den Wald, den Bach hinunter bis zur Bernmühle.

»Schön, daß du kommst«, sagte die Bernmüllerin. »Kannst auch solche Strümpfe stricken?«
»Nein«, sagte Margarete. »Solche Zöpfchen und Lochmuster, das kann doch heut keiner mehr.«
»Könnt's dir zeigen, wenn du magst. Dann hast zum Sonnwendfeuer die schönsten Strümpfe. Und alle Buben werden solche Augen machen, wenn du übers Feuer springst.«
»Ich spring nicht übers Feuer. Ich bin ziemlich ängstlich mit Feuer. Und wegen mir schaut auch keiner«, sagte Margarete.
»Oft schaut einer, und man merkt es gar nicht. Soll ich's dir zeigen? Ist ganz einfach das Zopfmuster.«
»Lieber hätt ich, wenn Sie mir vorlesen würden aus dem Buch.«
»So«, sagte die Bernmüllerin und seufzte. Ich red's ihr nicht ein, dachte sie, aber wenn es so sein soll...

WEITERE MITTEILUNG ÜBER EIN PERLENKIND, DAS EIN BÄRENKIND WAR, DAZU ÜBER EINEN SPRECHENDEN BÄREN NAMENS NIKOLAUS STÖRZER SOWIE ÜBER DIE DURCHAUS EHRBARE KRÄUTER-TRUD, WELCHE DURCH DIE BOSHEIT EINES MEDICUS ZUR GRABEN-HEX GEMACHT WURDE

(UM 1590)

Die Geschichte von der Grabenhex ist oft erzählt worden hier bei uns. Wir schreiben sie jetzt auf, so wahr, wie wir sie kennen.
Zu dieser Geschichte gehört auch der Nikolaus Störzer. Viel weiß man nicht über ihn, nur, daß er ein rechter Bärenhäuter gewesen sein soll. Armer Leute Kind, heißt es, und früh schon eingefangen von den Werbeoffizieren als Landsknecht. So übte er denn das Kriegshandwerk eine ganze Zeit: hauen und stechen, mordbrennen und plündern und eben auf der faulen Bärenhaut liegen, wenn der Krieg einmal stillhielt in seiner Wut. Ein Leben, so gut und so schlecht, wie es ein armer Teufel führen kann.
Dieser Nikolaus Störzer geriet eines Tages mit seinem Regiment mitten im Wald in einen Hinterhalt. Das Regiment wurde aufgerieben, und Störzer kam nur mit dem nackten Leben davon. Mit seiner letzten Kugel erlegte er eine Bärin, die ihn angreifen wollte.
Als er ihr das Fell abzog, hörte er ein Wimmern, sah aber nichts, da es schon dunkel wurde. Er machte sich ein Feuer und schlief ein. Mitten

in der Nacht wachte er auf, weil ihm etwas Nasses übers Gesicht fuhr. Es war ein Bärenjunges, das ihn für seine Mutter hielt und abschleckte. Er lag ja in ihr Fell gewickelt, und alles an ihm roch nach Bär.

Jetzt verstand der Störzer auch, warum die Bärin so wild gewesen war. Aber was sollte er mit dem kleinen Bären anfangen? Ihn auch abstechen? Der kleine Bär hatte sich gleich neben ihn gelegt und leckte seine Hand. Und im Schein des verglimmenden Feuers sah er den Störzer glücklich an, weil er wieder jemanden hatte, der warm und weich war und roch wie seine Mutter.

Der Kleine wich nicht mehr von seiner Seite und war bald zahm wie ein Hund. So wurde aus dem Landsknecht ein Bärenführer und aus dem Nikolaus Störzer der Bärnickel.

Der Bärnickel war bald bekannt im ganzen Wald. Auf jedem Jahrmarkt tanzten seine Bären. Er lieferte auch Bären für die beliebten Tierhetzen, bei denen man Hunde und wilde Tiere gegeneinander kämpfen ließ. Und auch wenn man frische Tiere für einen Bärengraben brauchte, schickte man nach dem Bärnickel.

Zum Beispiel hatten die Fürsten von Krumau im Böhmischen gerade ihr Schloß über der Moldau im feinsten Renaissancestil erneuert und nun für ihren Burggraben ein paar Bären bestellt. In so einem Fall stellte der Bärnickel seine Tanzbären bei der Gertrud Fischerin in ihrem kleinen Anwesen am Graben ein und zog in den Wald, ein Bärennest auszuheben.

Die Gertrud Fischerin wurde auch Kräutertrud genannt. Sie wohnte in einem alten Haus am Graben, gut eine halbe Stunde südwestlich vom Weiler Gerhartingen. Früher sollte der Graben einmal der Fersenbach gewesen sein, der jetzt durch Gerhartingen floß. Aber der Graben war schon lang trocken und zugewuchert. Und die Gerhartinger sagten, das sei überhaupt nicht wahr, und überhaupt sei der Graben eine Römerstraße ursprünglich und gar kein Bachbett. Und was die Kiesel angeht

am Grund des Grabens, so sei das das Pflaster von der alten Straße gewesen und sonst nichts.
Wie dem auch sei, der Bärnickel kannte die Kräutertrud schon lang und nutzte gern ihren Stall. Von ihrem Haus aus ging er nach Norden bis zur Gnadenkapelle am Fersenbach, und von da aus folgte er dann dem Bachlauf immer nach Westen bis zum Krähenloch. Dort wollte er Rast machen. Der Weg war nicht schwer, und der Bärnickel hatte nicht viel zu tragen. Viel brauchte er nicht zu seinem Geschäft: seine Muskete, einen starken Strick und sein Wissen über die Bären. Und seinen ganzen Mut natürlich. Er wollte ja junge Bären, und wo junge Bären sind, ist immer auch eine wütende Mutter.
Das Krähenloch war keine Bärenhöhle. Dazu war es nicht tief genug und zu leicht zugänglich. Nur zwei Meter über dem Bachbett konnte man über ein paar Findlinge leicht hinaufsteigen. Im Jahr 1580 jedoch – und davon erzählen wir jetzt – hauste eine Bärin im Krähenloch.
Der Bärnickel merkte es gleich. Er fand einen frischen Kothaufen am Wasser und einen Fußabdruck im Sand. Und an den Birkenstämmen waren Kletterspuren von den Krallen. Der Bär hatte sich junges Birkengrün geholt.
Der Bärnickel prüfte den Wind und legte sich auf die Lauer. Die nun folgende Bärenjagd haben die Erzähler immer gern groß herausgestrichen. Für uns ist nur so viel wichtig, daß es dem Bärnickel schließlich gelang, die Bärin zu erlegen und zwei junge Bären aus dem Krähenloch einzufangen.
Aber er fand noch etwas in dem Bärennest: ein Kind, so alt wie die kleinen Bären. Es konnte gerade krabbeln und floh aus der Höhle, als es der Bärnickel fassen wollte. Er band die beiden Bären an einen Baum und stieg in den Bach, um das Kind zu fangen. Es hatte sich nämlich ins Wasser gestürzt, und der Bärnickel meinte schon, es müßte ertrinken. Aber es fühlte sich offenbar wohl im Wasser und konnte gar schon schwimmen. Der Bärnickel jedenfalls wurde anständig naß, bis

er das wilde Kind erwischt hatte. Er steckte es in seinen Rucksack, wo es noch ein bißchen rumorte und maunzte wie ein junger Fuchs. Dann war es still.
Die Kräutertrud wunderte sich nicht schlecht, daß der Bärnickel nach nicht mal einem Tag schon wieder an die Tür klopfte. »Hab ein Glück gehabt, diesmal«, sagte er. »Und dir hab ich was mitgebracht, Frau Fischerin.« Er knüpfte seinen Rucksack auf, und das Kind streckte seinen Kopf heraus. Als es die Kräutertrud sah, lächelte es.
Die alte Frau, die selbst nie ein Kind gehabt hatte, bekreuzigte sich, und die Augen wurden ihr naß. Dann aber schimpfte sie auf den Bärnickel ein: »Was bist du für ein Vieh, Bärnickel!« Sie nahm das Kind aus dem Rucksack und wickelte es in ihre Schürze. »Steckst das Kind in deinen dreckigen Sack! Ist doch kein Bär!«
»Hat aber ein Bärenauge«, sagte der Bärnickel.
Das stimmte, das Kind hatte zwei verschiedene Augen: ein blaues Menschenauge und ein braunes Bärenauge.
»Ist vielleicht ein halber Bär«, sagte der Bärnickel.
Das kannte man aus alten Geschichten, daß sich Tier und Mensch vermischen. Zum Beispiel hat sich auch Gottvater Zeus als Bär der schönen Jägerin Kallisto genähert, die heute als Sternbild Großer Bär am Himmel steht.
Doch davon wollte die Kräutertrud nichts wissen. »Ach was, halber Bär! Das gibt sich«, sagte sie. »Alle Säuglinge haben blaue Augen. Das andere wird schon auch noch braun. Und eine Haut wie Perlmutt. Sieht so ein Bär aus? Ein Bär sieht aus wie du, Bärnickel, stinkig und haarig. Das ist kein Bär, das ist mein Kind!« Sie badete es und fütterte es mit eingeweichten Wecken und machte ihm eine Wiege im Trog für den Brotteig.
Ihr Kind! So war das und so blieb es. Und bald wußten alle, daß die Kräutertrud ein Findelkind großzog. Machte ihr auch niemand das Kind streitig und erhob sich nirgends ein Einwand, weil alle froh

waren, daß das Findelkind nicht der allgemeinen Kassa zur Last fiel. Der Pfarrer taufte das Bärenkind nach der Hl. Ursula. So hatte es auch einen Namen. Ursula aber ist lateinisch und heißt: kleine Bärin. So ging die Zeit, und die Ursula wuchs heran. Und die Geschichte vom Bärnickel könnte ein Ende haben. Wir wollen aber erzählen, wie die Kräutertrud die Grabenhex wurde. Und das kam so: Die Gertrud Fischerin war eine heilkundige Frau und lebte davon, daß man ihre Hilfe suchte in der ganzen Gegend. Sie wußte ein Mittel gegen jede Krankheit und verkaufte auch Amulette gegen den bösen Blick oder ein Sträußchen Quendel, das die jungen Mädchen vor ihr Kammerfenster hängen, um den als Liebhaber verkleideten Teufel abzuschrecken. Sie hatte ihr Auskommen und war es zufrieden.

Aber seit einiger Zeit gab es einen fahrenden Medicus, der auch die Gegend im Wald besuchte und der nicht müde wurde, gegen die Kräuterweiber zu wettern. Medizin, so sagte er, sei eine Wissenschaft und brauche einen gelehrten Mann, einen wahren Medicus doctus. Sonst schade sie mehr als sie nütze. Er sei so ein Doctor der Medizin, habe die Heilkunde studiert zu Montpellier und Paris bei arabischen Ärzten. Auch habe er die besten Reputationen und Empfehlungen und werde von Fürsten und geistlichen Herrn gern und oft konsultieret, weil man seine Künste kenne und schätze im ganzen Gäu.

So war seine nimmermüde Rede und auch, daß er den Auftrag bekommen hätte von eben jenen hohen Herrn und geistlichen Majestäten, ein Auge zu haben auf alle Scharlatane, die nur auf gut Glück an den armen Kranken herumkurierten, um ihren Beutel zu füllen. Die Leute freilich hörten nicht so recht zu, dachten vielleicht gar, daß er sich wohl lieber selber den Beutel füllen wollte und deshalb solchermaßen gegen die einheimische Konkurrenz wetterte. Das ärgerte den Medicus sehr, und er suchte nach einer Gelegenheit, wo man ein Exempel statuieren könnte.

Dieser Medicus hatte aber eine Spezialität, und das war Medizin aus

Muscheln. Wir wissen ja, daß schon der berühmte griechische Arzt Dioskurides im ersten Jahrhundert nach Christus gebrannte und pulverisierte Muschelschalen empfohlen hat. Und wie man hört, haben die großen Ärzte der Araber dann auch Perlen zerstoßen und ihren Tinkturen beigegeben. Unser Medicus nun hatte diese Kunst aus Paris mitgebracht und mischte fünfzehn verschiedene Mittel aus Muschelstaub.

Zum Beispiel heißt es, er habe ein Mittel gegen Wallungen erfunden, auch zur Stärkung von Kopf, Nerven und Seele tauglich. Das Rezept ist auf uns gekommen, und wir wollen es hier wiedergeben als Exemplum.

»Man zerstoße also Perlen in einem Marmormörser zu Staub und mische diesen mit Essig, Vitriolspiritus, destilliertem Zitronensaft, klarem Berberitzensaft, Edelsteinsalzwasser und alkalisiertem Weingeist. Die fest und gut verschlossene Flasche lege man sodann in heiße Asche, bis das Perlpulver verflüssigt ist.«

Auch eine Augensalbe verstand er zu mischen, oder er blies seinen Patienten Muschelpulver direkt in die Augen gegen den trüben Blick. Das aber machten auch manche Kräuterweiber, die in ihrem unwissenschaftlichen Aberglauben dachten, daß die Perle das Auge der Muschel sei und daß Gleiches gegen Gleiches helfe. So gaben sie roten Saft zur Stärkung des Blutes und gelben für die Galle.

Aber das ist nicht unser Gebiet, und wir wollen es bewenden lassen mit diesen Beispielen.

Erzählt werden muß jetzt vom Knecht des Medicus. Dieser Knecht war ein einfältiger Bauerntölpel, aber nicht faul, wenn es darum ging, ein paar Heller in den eigenen Sack zu wirtschaften. Diesen Knecht schickte der Medicus immer wieder an die Bäche, einen Korb voll Muscheln auszuheben, damit der Meister seine Tinkturen herstellen konnte. Und so ging der Knecht auch an den Fersenbach, wenn sein Herr im Weiler Gerhartingen die Praxis aufschlug.

Der Fersenbach war ein kühles, sauberes Forellenwasser und besetzt mit Muschelbänken von alters her. Der Knecht des Medicus wußte das und nutzte den Vorrat gern, er mußte nicht lang suchen, und sein Korb war schnell voll.
Er sollte seinem Herrn aber nicht nur Muschelschalen bringen, sondern auch Perlen; denn die Perlmedizin war noch besser und brachte viel Erfolg und gutes Geld bei den nobleren Kranken. Zum Zwecke der Perlensuche hatte der Medicus sein Chirurgenbesteck so umgebaut, daß man mit einer Spreizzwinge die Schale öffnen konnte, ohne das Muscheltier, den Perlschneck, oder seinen Schließmuskel zu verletzen. War eine Perle in der Muschel vorhanden, so entnahm man sie mit einer spitzen Greifzange und setzte dann das Tier wieder in den Bach. So konnte es weiterleben und womöglich eine neue Perle machen.
Dem Knecht aber war das Geschäft zu mühsam. Er riß die Muscheln aus den Bänken, öffnete sie mit seinem Messer, entnahm die Perle, so er eine fand, und warf die Muschel in die Wiese, wo sie in der Sonne verdarb. Und es waren leicht einige hundert Muscheln verdorben an einem Nachmittag, weil die Perlen selten waren und der Knecht außerdem jede zweite in seinen Säckel gab, um ein kleines Extrageschäft zu machen.
Eines Tages nun sah die Ursula den Knecht bei seiner abscheulichen Arbeit und wurde ganz wild und wütend. Die Ursula war jetzt zwölf oder dreizehn Jahre alt und ein echter Bachratz geworden, wie die Leute sagen. Immer trieb sie sich auf den ausgewaschenen Kieseln herum oder jagte Forellen oder suchte nach bunten Steinen. Auch im Graben; denn für die Ursula war klar, daß der Graben einmal ein Bach gewesen war. Vor ein paar Jahren schon hatte sie im Graben einen kugelrunden Kiesel gefunden – manche sagen auch, es wäre eine große Perle gewesen –, der eine dunkle und eine helle Seite hatte. In einem kleinen Lederbeutel trug sie ihn um den Hals als Glücksbringer. Ihre ganze Aufmerksamkeit aber galt den Muscheln. Immer sah sie

darauf, daß der Fischotter nicht zu viele Muscheln knackte. Und wenn der Bach bei Hochwasser zuviel Sand mittrug, dann grub sie die Muschelbänke wieder aus, daß die Tiere nicht erstickten.
Als Ursula nun sah, wie der Knecht ihre Schützlinge alle zugrunde richten wollte, da schrie sie laut und warf sich auf den Unhold, brachte ihm auch ordentliche Kratzer bei, daß ihm das Blut über die Backe lief. Aber dann überwand der Knecht seinen Schreck. Er hatte im ersten Augenblick gedacht, ein Luchs wäre über ihn gekommen oder vielleicht sogar ein Bär. Jetzt erkannte er seinen Feind und besann sich seiner Kräfte. Er schüttelte das Mädchen leicht ab und riß eine Gerte von der nächsten Haselstaude.
»Du verrücktes Luder!« rief er. »Was fällst du mich an? Ich will's dir zeigen!« Und damit peitschte er der Ursula die Gerte um den Leib, daß sie bald überall voll Striemen war und nicht anders konnte, als weinend davonzulaufen.
Als sie nach Hause kam, war der Bärnickel bei ihrer Mutter eingekehrt. Er hatte ihr einen Tiegel Bärenfett gebracht und wollte seinen neuen Talisman abholen. Eines seiner Geschäfte war nämlich das Hexenaustreiben im Stall. Bekanntlich merkt ein Bär, ob eine Hexe im Stall ist und zum Beispiel den Kühen die Milch abdrückt. In so einen behexten Stall geht der Bär nicht hinein. Erst muß der Bärenführer die Hexe oder Trud verjagen. Und dazu brauchte der Bärnickel seinen Talisman von der Kräutertrud.
Es war ein kleines Ledersäckchen, in das neben allerlei Kräutern auch das Gewölle einer Eule eingenäht war, und zwar am Silvesterabend. Die Ursula konnte den Bärnickel gut leiden. Er scherzte gern und neckte sie. »Ah, die Jungfer Ursula!« rief er auch gleich und drehte sie, daß ihr Rock flog. »Jetzt will ich doch bald den Bräutigam machen und die Frau Fischerin um die Hand ihrer schönen Tochter bitten!«
Aber Ursula hatte keinen Sinn für Späße. Sie war wütend und mußte gleich wieder weinen. Da sah die Kräutertrud auch die Striemen auf

Ursulas Haut und wusch sie mit kühlem Wasser und tat Salbe drauf. Und dann erzählte Ursula alles.

»So ein Teufel!« sagte die Kräutertrud, als die Ursula geendet hatte. »Man muß was machen gegen den.«

»Da fällt mir die Geschichte von der Bärenmühle ein«, sagte der Bärnickel und grinste. »Ein Müller hatte einmal seine liebe Not mit einem Wassermann. Jede Nacht stieg der Wassermann aus seiner Gumpe und trieb allerlei Unfug in der Mühle, briet etwa seine Fische mit viel Gestank in der Küche oder holte sich Milch aus dem Stall. Er stellte das Mühlrad ab oder setzte es in rasende Fahrt, daß es schier zerbrechen wollte. Der Müller klagte und schimpfte, aber gegen Meister Nöck kannst du nichts machen.

Nun war aber eines Tages ein Bärenführer beim Müller eingekehrt, und der hatte seinen Bären im Stall angebunden. Als der Nöck den Abend in den Stall ging, um sich Milch zu holen, da geriet er aus Versehen an den Bären, der ihn so heftig zauste, daß er für drei Wochen nicht mehr auftauchte aus seinem Wasserloch.

Schließlich aber wollte er es noch einmal versuchen und fragte den Müller treuherzig, ob der denn die ›große Katze‹ noch habe. ›Ei freilich‹, sagte der Müller, ›ich hab sie noch, und hat neun Junge bekommen, in jeder Kammer eines und im Stall zwei.‹

Da verabschiedete sich der Wassermann ganz leise und ward nicht mehr gesehen.«

»Und was soll uns diese Geschichte helfen?« fragte die Ursula.

»Wer weiß«, sagte der Bärnickel. »Vielleicht, daß der Muschelknecht auch einmal so eine große Katze trifft.«

Und so kam es dann auch. Der Knecht hatte sich den andern Tag gerade eine besonders gut besetzte Muschelbank ausgesucht, da brach mit Getöse ein Bär aus dem Gebüsch. Der Knecht hatte sich eine frische Gerte vom Haselstrauch geschnitten, im Fall, daß das verrückte Mädchen wieder auftauchen sollte. Aber gegen einen Bären half die Gerte naturgemäß wenig. Auch war der Bär so schnell über ihm und hatte ihn in den Bach geworfen, daß er zu keiner Gegenwehr kam und die Gerte gleich fallen ließ.

Der Bär lachte, hielt aber gleich inne damit und brummte nun bärenmäßig fürchterlich aus seinem wilden Maul heraus. Der Knecht aber hatte solche Angst um Leib und Leben, daß er sich nicht einmal verwunderte über einen lachenden Bären. Er sah nur zu, daß er sich davonmachen konnte, ehe ihn die Bestie erneut anfiel.

Später, als er seinem Herrn von dem Überfall berichten mußte, fiel es ihm wieder ein: »Ja, Herr Doctor, so wahr ich ein ehrlicher Mensch bin, das Untier hat gelacht wie der leibhaftige Gottseibeiuns persönlich.«

»Ach, was! Gottseibeiuns!« schalt ihn der Medicus. »Der Teufel soll mich holen und dich dazu, wenn du nicht wieder getrunken hast, Halunke! Dein Hirn ist schon so dumm gesoffen, daß du die Bären lachen hörst. Sofort gehst du noch mal zum Bach, hast auch meinen Korb verloren!«

So ging der Knecht noch einmal zum Bach. Ganz vorsichtig schlich er sich von Baum zu Baum und hoffte, daß das Untier sich getrollt hätte. Aber als er gerade seine Holzschuh abgestreift hatte, um in den Bach zu steigen, da stand das Vieh wieder vor ihm, aufgerichtet wie Polyphem, der Riese, und fauchte ihn an mit seinem stinkichten Atem. Der Knecht fiel hintüber in den Bach und sah sein letztes Stündlein gekommen: War es der Teufel, so sollte er ihn wohl holen wegen seiner vielen Betrügereien; war es aber ein Bär, so mochte er ihn wohl auffressen mit Haut und Haar.

Aber der Teufelsbär stürzte sich nicht auf den nassen Knecht, lachte gar wieder ein wenig und brüllte dann mit grausiger Stimme: »Du vermaledeiter Wurm! So wahr ich ein Bär bin, so bist du des Todes, wenn ich dich noch ein drittes Mal an meinem Bach erwisch!«

Mehr mußte der Knecht nicht hören. Er rappelte sich auf und rannte davon und ließ diesmal auch seine Schuhe zurück.

Jetzt aber glaubte ihm sein Herr und wollte der Teufelei sogleich auf den Grund gehen. Ein sprechender Bär, das sei wider die Wissenschaft und Vernunft und entweder ein Schelmenstück oder Hexerei. Ja, vielleicht hatte eine der Kräuterhexen die Hand im Spiel, am Ende gar die alte Kräutertrud, die ihm so viele Kunden abspenstig machte. Für ihn war die Kräutertrud eine Hexe: die Grabenhex, so nannte er sie. Grabenhex, das sagten auch viele Gerhartinger. Wenn er aber der Grabenhex das Handwerk legen könnte, das hätte ihm schon gefallen.

So schickte er um zwei Mann Polizei und ließ auch noch einen Pater kommen, der sich mit Hexen auskannte. Dann hieß er den Knecht, sie zu der betreffenden Stelle zu führen.

Sie mußten nicht lang suchen. Kaum trat der Knecht an den Bach heran, so kam auch der Bär schon aus dem Busch. Als er aber gewahr wurde, daß der Knecht nicht alleine war, rief er: »Potz Teufel! Vier Mann!« und trollte sich.

Doch so leicht wollte ihn der Medicus nicht davonkommen lassen. »Haltet das Vieh!« rief er. Und einer der Polizisten feuerte seine Muskete ab, traf wohl auch; denn der Bär schrie: »Au!« und stieß einen fürchterlichen, ganz unbärenmäßigen Fluch aus, rannte aber nun um so schneller und war nicht mehr einzuholen.

Er war jedoch so getroffen, daß er eine Blutspur hinterließ. Sie führte die Verfolger geradewegs zum Haus der Kräutertrud; denn der Bär war natürlich kein anderer als der Bärnickel, der sich ein altes Bärenfell übergezogen hatte, um den Muscheldieb von Ursulas Bach zu vertreiben. Der Musketenschuß hatte ihn an der Wade erwischt, aber die Kräutertrud hatte die Wunde schnell verbunden.

So hätte denn alles als ein derber Scherz abgehen können. Aber das wollte der Medicus nicht. Er wollte der Kräutertrud etwas anhängen, und darum drehte er alles so hin, daß es ein böses Ende nahm.

Der Bärnickel hatte sich davongemacht, weil er das Unheil schon

kommen sah. Aber im Stall stand noch einer seiner Tanzbären. Den fanden die Hexenjäger als erstes. Er richtete sich auch gleich auf in seinem Verschlag, weil er hoffte, herausgeführt zu werden.
Der Knecht schwor aber sogleich, daß das der Bär gewesen sei, der ihn zweimal angefallen hätte. Nun wurde das Tier examiniert, ob es nicht eine Schußwunde hätte. Die hatte es nicht, nur eine abgewetzte Stelle im Fell.
»Ei«, sagte der Medicus, »glauben Sie mir, meine Herren, ich kenne mich aus und sehe das wohl: das ist eine Schußwunde. Nur schnell wieder zugeheilt mit Satans und der Grabenhex Hilfe.«
Da war das Wort in der Welt, und der böse Verdacht färbte nun alles, was die Männer fanden, nach dem Willen des Medicus. So hatte die Kräutertrud den Tag zuvor ein Huhn gebraten, und die abgeschnittenen Füße lagen noch im Hof.
»Hexenmittel!« rief der Medicus.
Und der Herr Pater betete ein Ave Maria.
Sie durchwühlten alle Stuben und auch die Kräuterkammer und fanden das Amulett mit dem Gewölle.
»Hexenzauber!« rief der Medicus.
Und der Herr Pater betete zwei Ave Maria.
Schließlich warfen sie den Tiegel mit Bärenfett auf den Boden und riefen alle: »Hexensalbe!« Und bekreuzigten sich und banden die Kräutertrud mit einem Strick.
Da sprang die Ursula unter der Treppe hervor, wo sie sich verborgen hatte, und warf sich auf die Männer und schrie und kratzte und biß. Aber am Ende vermochte sie nichts gegen die Hexenjäger
»Das ist ein Trollkind!« rief der Medicus. »Fangt es, ich will es ausstellen in seiner Abartigkeit.«
»Oder es ist ein Wechselbalg!« rief der Knecht. »Ein normales Kind jedenfalls nicht, hat ja zwei verschiedene Augen.«
»Sie hat es gefunden, angeblich«, sagte der Musketenpolizist.

Und der Herr Pater betete drei Ave Maria und sagte: »Sie wird's geraubt haben. Das weiß man ja, daß sie Kinder rauben für ihre üblen Hexenkünste.«
»Das wird sich alles weisen, wenn wir sie der peinlichen Befragung unterziehen«, sagte der Medicus. »Ab mit ihr und ihrem Balg!«
So schleppten sie die Kräutertrud weg. Dazu auch die Ursula und den Teufelsbären, den man schon noch wollte zum Sprechen bringen.
Als sie aber zum Bach kamen, da flog mit Gezeter ein Eichelhäher aus dem Gebüsch. Der Bär erschreckte sich und suchte sich loszureißen. Es brauchte alle Mann, um das wild gewordene Tier zu bändigen.
So kam es, daß das Kind einen Augenblick unbeobachtet war und in den Bach springen konnte.
Die Männer merkten es gleich und wollten hinterher, sahen es aber nicht mehr. Eine Zeitlang suchten sie noch. Dann gaben sie sich zufrieden und nahmen es als Gottesurteil.
Über den Hexenprozeß gegen die Gertrud Fischerin wissen wir nichts. Auch der Weg des Nikolaus Störzer verläuft fortan im Dunkel.
Der Bach hieß übrigens bald danach schon Bärenbach. Hat nämlich niemand mehr gewußt, woher der Name Fersenbach kam. Die Geschichte von dem Teufelsbären aber wußte ein jeder im Gäu.
Das wollten wir festhalten und aufbewahren in diesem Buch.

4. »NACH DER WANDLUNG IM KRÄHENLOCH«

In den nächsten Tagen passierte dreierlei: Margarete schrieb eine Fünf in Mathe, dann das mit den Häuslern und dann der Autounfall.

Sie konnte sich sehr schlecht konzentrieren in der Schule und war sich auf einmal überhaupt nicht mehr so sicher, ob eins und eins wirklich zwei war. Worauf konnte man sich noch verlassen, wenn eine ausgekotzte Maus, die sie über einen Gartenzaun geworfen hatte, plötzlich in einer Geschichte auftauchte, die irgend jemand vor über 300 Jahren in ein Buch geschrieben hatte?

Das mit den Häuslern war, daß sie Margarete beobachteten. Jedenfalls hatte sie den Eindruck. Sie bemerkte die Jungen plötzlich überall. Als sie zum Bauern rausradelte, um Milch und Eier zu holen, sah sie Severin am Wegkreuz. Er tat nichts Bestimmtes, zielte mit einer Wasserpistole auf die Hummeln, die im Klee herumschwirrten, und gab sich ganz unauffällig.

Sie schaute sich natürlich nicht um, als sie vorbei war, aber sie spürte es zwischen den Schulterblättern, daß er ihr lange nachstarrte.
Dann sah sie drei Häusler, die vor dem Supermarkt rumlungerten, als sie für ihre vielbeschäftigte Mutter einkaufen ging. Die Häusler steckten sofort die Köpfe zusammen, als sie Margarete kommen sahen. Es waren der lange Dürre und die beiden anderen, die mit ihm zusammen bei der Hochzeit die Kette gehalten hatten.
Und dann sah sie noch mal Severin. Er lauerte hinter einem Baum am Waldrand, da, wo Margarete auf dem Schulweg immer mit Hans Krollmann zusammentraf. Er hatte eine karierte Baseballmütze auf, die deutlich durch das Gestrüpp leuchtete. Margarete entdeckte ihn sofort; denn inzwischen rechnete sie überall mit dem Auftauchen dieser Burschen. Sie wußte zwar keinen Grund dafür, und natürlich hätte es auch einfach Zufall sein können. Aber Margarete glaubte nicht mehr an Zufälle. Sie wollte wissen, warum Severin da im Gebüsch hockte und sie überwachte. Sie überlegte keinen Augenblick, sprang vom Fahrrad und rannte über die Straße.
Dabei übersah sie den Lieferwagen, der von der Fabrik herkam.
Das war das dritte: Margarete wurde vom Auto angefahren. Der Lieferwagen erwischte sie zum Glück aber nur leicht am Schulrucksack. Sie wurde herumgewirbelt und in den Straßengraben geschleudert. Einen Augenblick war sie ohne Besinnung, dann merkte sie, wie sich jemand über sie beugte und ihren Namen nannte.
»Margarete!«
Margarete erkannte Krolli.
Dann beugte sich ein zweites Gesicht über sie. Es war der Fah-

rer des Lieferwagens. Er war sehr aufgeregt und wies gleich alle Schuld von sich: »Du bist mir voll reingelaufen! So was Dummes! Warum läufst du denn über die Straße, ohne zu schauen? Ich konnte nichts machen. Du mußt es gesehen haben, Junge, du mußt es bezeugen! Das kannst du bezeugen, ich konnte nichts machen!«
Krolli beachtete den Fahrer nicht weiter. »Fehlt dir was, Margarete?« sagte er. »Bleib liegen. Wir holen die Sanitäter.«
»Nein«, sagte Margarete und richtete sich auf. Ihr war ein bißchen schwindelig, aber sonst schien alles heil geblieben.
»Ich hab nichts machen können«, sagte der Fahrer. »Ich hab voll gebremst. Das kannst du bezeugen, oder?«
Margarete ließ sich von Krolli aufhelfen und putzte sich den Staub von den Kleidern. Auf der Straße stand der Lieferwagen quer von der Vollbremsung. Margarete sah die schwarze Bremsspur. Es war ein Fahrzeug der Firma Speck. »Speck – ein Synonym für Sicherheit und Fortschritt« stand auf dem Wagen.
»Warum bist du denn so über die Straße gerannt?« fragte Krolli.
»Weiß auch nicht«, sagte Margarete. Sie schaute zu dem Gebüsch hinüber. Die karierte Kappe war verschwunden.
»Der Severin ist abgehauen, wenn du den suchst«, sagte Krolli.
Der Fahrer lud Margaretes Fahrrad auf und brachte sie ins Krankenhaus. Sie hatte ein paar Hautabschürfungen und eine leichte Gehirnerschütterung, mehr nicht. Trotzdem blieb sie ein paar Tage zu Hause und wurde von den aufgeregten Eltern versorgt. Immer wieder versuchten sie aus ihr herauszufragen, wie das hatte passieren können. Aber sie gab vor, es selber nicht zu wissen.

Ein paarmal riefen ihre Schulkameradinnen an. Zweimal kam Krolli vorbei und hielt sie über den Unterricht auf dem laufenden. Er brachte ihr auch eine blau-schwarze Häherfeder mit. »Die soll dir Glück bringen«, sagte er. »Weißt du, der Eichelhäher ist der Polizist des Waldes. Er warnt alle Lebewesen im Wald vor Gefahren.«

»Außer den Würmern, die er fressen will«, sagte Margarete und lachte, obwohl ihr dabei immer noch der Kopf weh tat. »Danke. Das ist sehr nett von dir.«

Krolli wurde rot, das war auch sehr nett. »Ist bloß so ein alter Aberglaube«, sagte er, als müsse er sich für das Geschenk entschuldigen. »Mußt ja nicht dran glauben.«

»Ich glaub auch nicht dran«, sagte Margarete. »Hauptsache, es hilft.«

Dann lachten sie beide.

Und dann lag sie da in ihrem Bett, als Krolli gegangen war, mit all ihren Kuscheltieren, und dachte nach über Aberglauben und Vorsehung und Zufall. Über alte weise Frauen dachte sie nach und über geheimnisvolle Landstreicher mit Hahnenfedern am Hut. Und natürlich über den Bach, diesen unscheinbaren, kleinen, unwichtigen Bach und seine Muscheln. Und über das Findelkind, das immer wieder in diesem Bach verschwand.

»Helle Haut« und »dunkle Augen«, auch rote Haare oder nicht. Zweifarbige Augen, eins hell, eins dunkel. Sie stand auf und sah lange in den Spiegel. Waren ihre Augen nicht doch ein bißchen verschieden? Oder konnte es sein, daß sich der Unterschied erst allmählich einstellte?

Margarete konnte keinen Unterschied entdecken, außer ein paar dunklen Flecken in der Iris. Aber die hatte wohl jeder.

Aber die roten Haare? Niemand in ihrer Verwandtschaft

hatte rote Haare. Entweder sie haben mich gefunden, oder ich bin ein Mutant, dachte sie.
Als ihr kleiner Bruder klopfte, schlüpfte sie schnell wieder ins Bett. Er kam, ihr vorzulesen, weil ihr beim Lesen immer noch leicht der Kopf weh tat. Sie lasen »David Copperfield«, den sie beide so gern hatten, aber lieber nicht alleine lasen, weil dem armen David so viel gemeine Sachen passierten.
Am Ende der Woche war das Kopfweh vergangen, und Margarete entschloß sich, all ihre Spintisierereien der Gehirnerschütterung zuzuschreiben. Sie wollte endlich wieder unter die normalen Menschen zurückkehren. Am Sonntag duschte sie lang und heiß, wusch sich die Haare und flocht sich viele kleine Zöpfchen. Als sie am Montag ihre Haare auskämmte, hatte sie eine Mähne wie ein Löwe.
Ihre Freundinnen begrüßten sie mit großem Hallo auf dem Schulhof.
»Du siehst toll aus, Em!« sagte Corinna.
»Ja«, sagte Sabrina, »wie ein Engel.«
Margarete sah sich eigentlich nicht als Engel, aber Sabrina hätte ja auch einen schlimmeren Vergleich nehmen können. Ihr kleiner Bruder hatte zum Beispiel heute morgen gesagt: »Guck mal, Mama, da kommt unser Mop zum Frühstück!« Es war wieder alles wie immer bei Bernsteins.
In der Pause erzählte Julia von einem Tennisturnier und den vielen netten Leuten, die man da kennenlernt. »Ist wirklich schade, daß du nicht mehr Tennis spielst, Em.«
Ja, dachte Margarete, eigentlich schade. »Würdest du denn noch mit mir spielen?«
»Klar«, sagte Julia. »Gern. Immer!«
So spielte Margarete wieder Tennis. Sie stellte sich ziemlich doof an, aber sie hatten viel Spaß. Ihre Eltern freuten sich

auch, daß die Tochter ihre Tage wieder sinnvoll verbrachte. Sie hatten natürlich gemerkt, daß Margarete immer allein blieb. Sie wußten von ihren Ausflügen in den Wald und sahen ja auch, daß sie oft wie im Tran durchs Leben ging. Kein Wunder, daß sie unters Auto gelaufen war. Jetzt taten sie alles, um ihr das Tennisspielen angenehm zu machen. Sie bekam einen neuen Schläger und neue Schuhe. Und ihre Mutter fuhr sie oft mit dem Auto zum Tennisplatz.

Die Beobachtung durch die Häusler hatte nachgelassen, natürlich sah sie den einen oder anderen auch jetzt noch, aber sie fing an, es wieder für Zufall zu halten. Und am Ende dachte sie, daß sie sich vielleicht alles eingebildet hatte.

Sie vermied es, allzuviel an die Bernmüllerin zu denken, und sie hörte auch nichts mehr von ihr, bis zu dem Tag, an dem ihr Krolli das Päckchen brachte.

Sie war auf dem Tennisplatz und hatte zum ersten Mal ein Spiel gegen Julia gewonnen. Sie machten grade eine Pause, tranken Cola und kicherten über Corinna, die sich bei einer Model-Agentur beworben hatte. Seit einer Woche aß sie nur noch Dinkelschrot und Weizenkleie, weil sie neunzig Zentimeter Poumfang hatte und nur neunundachtzig Zentimeter haben durfte.

Da kam Krolli angeradelt. Sie begrüßten ihn, luden ihn zu einer Cola ein. Auch das hatte sich normalisiert, Margarete war es nicht mehr so peinlich, mit Krolli zusammenzutreffen. Sie war nicht verliebt in ihn. Er war nett. Ein Schulfreund. Nicht »der Freund von Margarete«, aber ein Freund immerhin. Er hatte sie gesucht, weil er ihr das Päckchen überbringen sollte.

»Von wem?« fragte Margarete.

»Von der Bernmüllerin«, sagte Krolli und reichte ihr das

Päckchen. Es war in gebrauchtes Packpapier gewickelt und mit Bindfaden verschnürt.

»Von der kriegst du Päckchen?« sagte Julia. »Wieso denn das?«

»Ist was Weiches«, sagte Margarete, »das spürt man.«

»Weißt du, was es ist, Krolli?« fragte Julia.

Nein, er wußte es nicht. Er sollte es ihr nur geben.

»Warst du im Wald bei ihr?« fragte Margarete.

»Nein, der Störzer hat es mir gegeben, von ihr für dich.«

»Welcher Störzer?« Margarete drückte das Päckchen in ihren Schoß. Ihre Hände zitterten. Das sollten die andern nicht sehen. Störzer, so hieß doch der Bärnickel in der letzten Geschichte. Das war doch nicht möglich! »Wer ist der Störzer?« fragte sie noch mal.

»Na, der Bartel«, sagte Krolli. »Der Hahnenschwanzbartel, den kennst du doch. Er kennt jedenfalls dich.«

»Der Penner aus dem Krähenloch?« sagte Julia. »Woher kennst du denn solche Typen, Em? – He, Margarete Bernstein, bist du weggetreten?«

Margarete zuckte zusammen. Sie war wirklich für einen Augenblick wie betäubt gewesen. »Ich wußte gar nicht, daß der Störzer heißt.«

»Und wieso schickt dir die komische alte Waldhexe aus der Bernmühle ein Päckchen, Em? Machst du's auf?«

»Nein, das mach ich erst zu Hause auf.«

»Geheimnisse, was? Vor deiner besten Freundin?«

»Nein«, sagte Margarete. »Ich sag's dir morgen, was drin war.«

Julia dachte, sie wolle es nur nicht vor Krolli auspacken, und gab sich zufrieden. »Spielen wir noch mal? Gnadenlose Revanche!«

»Nein, du, ich muß heim. Ich bin ja heut mit dem Fahrrad da.«
»Ich fahr ein Stück mit«, sagte Krolli.
Margarete packte ihr Tenniszeug ein, und dann radelten sie zum Dorf zurück. Sie fuhren still nebeneinanderher, bis Krolli abbiegen mußte. Das war das Angenehme an ihm, daß er auch einfach still sein konnte und einem nicht auf die Nerven ging mit seinem Gequatsche wie so viele andere. Und daß er nicht gefragt hatte, was in dem Päckchen war, das war wirklich gut.
Es waren natürlich die Strümpfe, die die Bernmüllerin gestrickt hatte. Nichts Geheimnisvolles, kein Zauberzeug, kein Hexenkram, nur die Strümpfe und ein kurzer Brief:
»Liebe Margarete, vielleicht magst Du die Strümpfe. Sie täten Dir passen, glaub ich, und stünden Dir gut zum Sonnwendfest. Ist besser für ein junges Mädel, mit schönen, neuen Strümpfen übers Feuer hüpfen als in alten, verstaubten Büchern stöbern. Gruß, Deine Bernmüllerin.«
Margarete stopfte die Strümpfe ganz unten in ihre Schublade. Die würde sie niemals anziehen! Aber trotzdem waren sie da. Sie ließen sich ebensowenig wegdenken wie die Frage: Warum passiert das alles? Und was hat das alles mit mir zu tun?
Margarete stand am Fenster ihres Zimmers und schaute hinaus auf den alten Friedhof. Alles in diesem Zimmer war ihr vertraut: Steine und Aufkleber, ihr erster Teddybär und der erste ausgefallene Zahn, ihre Bücher, ihre Postkartensammlung, ihre ersten Zeichnungen, die alten Stifte und die Schiefertafel von der Großmutter. Der ganze Krempel, das war sie, Margarete Bernstein.
Aber war sie noch mehr? Natürlich, viel mehr. Sie war Toch-

ter und Schwester und Schulkind und gut in Deutsch und und und. Sie war ein Puzzle mit tausend Teilen. Vor einem halben Jahr, vor ein paar Wochen noch hätte sie gedacht: Ich kenne alle meine Teile, weiß, wie sie zusammengehören. Jetzt schaute sie sich ihr Puzzle an und mußte erkennen, daß es nicht vollständig war. Aber sie hatte keine Ahnung, welche Teile fehlten. Gleichzeitig tauchten überall Teile auf, von denen sie nicht wußte, ob sie überhaupt in ihr Bild gehörten. Was sie wußte, war, daß sie nicht mit der Unsicherheit leben wollte. Sie wollte wissen, wer sie war.

In der Woche vor Sonnwend errichteten die Burschen auf dem Hügel nördlich des Birkenwäldchens den Scheiterhaufen für das Johannisfeuer. Das Holz sammelten sie überall im Dorf. Die Häusler waren besonders fleißig dabei. Sie hatten einen Handkarren, wie er beim Speck auf dem Dach gestanden hatte, zogen von Haus zu Haus, klopften mit viel Lärm die Leute heraus und sagten ihr Sprüchlein auf:

»Bald ist Sankt Johannistag.
Jeder sein Scheit zum Feuer trag!
Für unser Herrgottsfeuer
holen wir die Steuer.
Ein' Prügel, ein' Brett, ein' alten Besen,
daß der heilige Rauch Euch laß genesen.
Scheite raus! Scheite raus!
Geh'n wir in ein andres Haus!«

Jeder gab ihnen was auf ihren Karren, auch Margaretes Vater, dem es gut gefiel, daß die Kinder aus seiner Schule die alten Bräuche lebendig hielten. Margarete kam gerade vom Tennisspielen, als die Häusler ein paar alte Fensterrahmen aufluden.

Am liebsten wäre sie gleich wieder umgekehrt. Aber ihr Vater hatte sie schon gesehen und auch Severin.
»Sie holen das Holz fürs Feuer«, sagte ihr Vater.
»Ich geh da sowieso nicht hin!« rief Margarete schnell. Niemand hatte sie gefragt, aber sie wollte sofort klarstellen, daß sie mit den Häuslern nichts zu tun hatte.
»Aha«, sagte ihr Vater, »wir werden ja sehen.«
Und Severin sagte: »Schade, sonst wär ich mit dir übers Feuer gesprungen, Lehrergretl.« Er lachte, und seine Kumpane hielten es auch für einen gelungenen Scherz.
Sie ging dann doch hin, weil alle hingingen.
Der Holzhaufen war vier Meter hoch, und als die Freiwillige Feuerwehr beim letzten Glockenschlag nach dem Gebetsläuten das Feuer entfachte, loderten die Flammen bald zehn Meter hoch.
Der »Hansl«, eine lebensgroße Strohpuppe, die auf einer Stange über dem Feuer hing, brannte gleich lichterloh. Er war ein Winterdämon, den die Hitze des Sommers verzehrte.
Rund um das Feuer standen Biertische, und das ganze Dorf war versammelt, um zu feiern und zu trinken.
Später drehten dann die Burschen ihre Feuerräder, glühende Baumschwämme, die sie an langen Drähten um den Kopf wirbelten und die leuchtende Kreise in den Nachthimmel zogen.
Und dann war das Feuer so weit runtergebrannt, daß die ersten das Springen wagten. Die Kühnsten bekamen den größten Applaus, aber ein paar versengten sich auch die Sohlen, weil sie zu kurz gesprungen waren.
Margarete stand bei ihren Freundinnen und trank Waldmeisterbowle, als plötzlich Severin vor ihr auftauchte und ihre Hand packte.

»Bist doch gekommen mit deinen schönen Strümpfen, weil du mit mir springen willst. Jetzt springst mit mir!«
Einen Augenblick erstarrten alle um sie herum, dann pfiff jemand anzüglich durch die Zähne.
»Hey hey!« sagte Corinna. »Was will denn der hier?«
Und Sabrina sagte: »Mensch, Em, ist das dein neuer Verehrer?«
Margarete hörte alles wie durch einen Vorhang aus Watte. Sie war ein bißchen benebelt von der Bowle, und sie hatte sowieso schon rote Backen von der Hitze. Jetzt aber spürte sie eine heiße Welle in ihren Kopf schießen, und sie war sicher, daß das ganze Dorf nur auf sie schaute. Sie schämte sich und war wütend. Sie wollte im Boden versinken. Da stand dieser freche Kerl, hielt noch immer ihre Hand und grinste sie an. Und sie konnte nichts tun, hatte einfach keine Kraft, wie Grießbrei fühlte sie sich. Und keiner kam ihr zu Hilfe.
»Komm, jetzt springen wir!« sagte Severin und zerrte an ihrer Hand.
Da stand plötzlich Krolli neben ihr, schrie: »Laß sie los!« und warf sich auf Severin. Der ließ Margaretes Hand fahren und setzte sich zur Wehr. Sie stürzten zu Boden und rollten raufend und ringend über die Wiese.
Jetzt bildete sich wirklich ein Kreis um sie. Die meisten Leute nahmen den Kampf von der komischen Seite, ein paar junge Hunde, die sich balgten und ihre Kräfte messen wollten.
Margarete aber wußte, daß es bitterernst war, zumindest für Krolli. Und sie wußte auch, daß er keine Chance hatte gegen Severin. So ging sie dazwischen und versuchte, sie auseinanderzubringen. Aber es gelang ihr nicht.
Schließlich bemerkte ihr Vater die Rauferei und trennte die beiden. »Mußt du immer aus der Rolle fallen, Severin?!«

»Der hat mich angegriffen«, sagte Severin.
»Weil du sie nicht in Ruhe gelassen hast«, sagte Krolli.
»Soll sie halt mit mir springen«, sagte Severin. »Warum springst du nicht mit mir? Bin ich dir nicht gut genug, Lehrergretl? Sag's! Warum springst nicht mit mir?«
»Weil ich mit Hans springe. Deshalb!« Margarete nahm Krolli bei der Hand und führte ihn aus dem Kreis.
»Mit dem Schlappschwanz!« rief Severin und lachte spöttisch. »Der verbrennt sich den Arsch7 das wett ich!«
Am liebsten wäre Margarete weit weggegangen, aber jetzt mußten sie springen, auch wenn der glühende Berg ihr plötzlich unüberwindlich vorkam.
»Das schafft die doch nicht«, sagte Sabrina leise.
»Ihr müßt verrückt sein! Das ist doch gefährlich!« rief Corinna.
Auch Margaretes Mutter und ihr Bruder Benny waren jetzt dazugekommen. »Das schaffen die nie!« sagte Benny. »Gleich gibt's gebratene Schweinshaxen.«
»Benny!« zischte die Mutter und gab ihm einen Knuff in die Seite. Und zum Vater gewandt sagte sie: »Das können wir doch nicht zulassen, oder?« Aber der Vater legte ihr seinen Arm um die Schulter und sagte: »Doch. Es muß sein!«
Inzwischen hatten alle andern jungen Leute zu springen aufgehört. Wie ein Hochzeitsspalier standen sie und warteten darauf, was jetzt passieren würde.
Margarete und Krolli drehten sich um und schauten durch die Anlaufgasse auf das niedergebrannte Feuer. Über der Glut flirrte die Hitze. Ab und zu explodierte das Holzgas in einem Scheit und schickte einen Funkenschauer in die Luft. Margarete sah Krolli an, zum ersten Mal, seit sie seine Hand genommen hatte – und genaugenommen zum ersten Mal über-

haupt. Ja, so richtig in die Augen geschaut hatte sie ihm noch nie. Sie sah einen Jungen, der ein bißchen Angst hatte, aber auch ein bißchen Mut.
»Du mußt nicht, wenn du nicht willst!« sagte sie.
»Ich weiß«, sagte er. »Springen wir!«
»Aber du darfst mich nicht loslassen!«
Sie faßten sich noch einmal fester an der Hand und rannten los.
Und es war ganz leicht. Sie hatten es nicht abgesprochen, aber sie fanden sofort den gleichen Schritt, sie fanden auch den richtigen Absprungpunkt, fast schon in der Glut, und sie flogen hoch über das Feuer, als gäbe es keine Erdenschwere. Margarete mußte einen Schrei ausstoßen beim Abspringen, einen Schrei aus Trotz und Lust. Sie spürte die Hitze unter ihrem Rock, aber sie hatte überhaupt keine Angst mehr. Und sie ließen sich nicht los über dem Feuer. Hand in Hand landeten sie sicher auf der Wiese und lachten und freuten sich über das Klatschen der Leute.
Nur Severin spuckte ins Feuer und behauptete, sie wären nicht über die Mitte gesprungen, sondern bloß am Rand.
Später, als sie alle nach Hause gingen, hielt Krolli Margarete an einer Straßenlaterne zurück. Er holte sein Taschentuch heraus. »Das wollte ich dir schon lange zeigen. Ich hab's bei meiner Tante im Garten gefunden.« Er faltete das Taschentuch auseinander, und zum Vorschein kam ein Gewölle. »Das ist ein Gewölle!« sagte er.
»Ich weiß«, sagte Margarete.
»Das ist unheimlich selten. Das koch ich mir aus, und dann hab ich alle Knochen von einer Maus. Die kleb ich mir zusammen zu einem richtigen Mäuseskelett. Man muß unheimlich Glück haben, daß man so was findet.«

»Schenkst du's mir?«
»Ach so«, sagte Krolli. »Ich hab nicht gedacht, daß du so was haben willst. Viele ekeln sich davor.«
»Ich nicht«, sagte Margarete. »Ich weiß, daß es Glück bringt. Krieg ich's?«
»Wenn du's haben willst«, sagte Krolli.
»Wo wohnt eigentlich deine Tante?«
»Sie wohnt gleich beim Kriegerdenkmal.«
»Das hab ich mir schon gedacht«, sagte Margarete.
»Ich kann dir beim Auskochen helfen und beim Zusammenkleben.«
»Ich laß es ganz. So wie es ist. Als Glücksbringer. Braucht man nur in ein Säckchen einnähen.«
»Jetzt hast du schon die Häherfeder und das Gewölle. Jetzt kann dir eigentlich nichts mehr passieren.«
»Und dich hab ich auch noch«, sagte Margarete und bereute es gleich. Sie wurde knallrot und war froh, daß die andern nach ihnen riefen und sie weiterlaufen konnte.
Am nächsten Tag brachte der Lokalanzeiger einen Bericht über die neue Fabrik, die nächste Woche eingeweiht werden sollte. Der Reporter hatte sich durch das Fabrikgelände führen lassen und schrieb nun in der Zeitung, was ihm der Pressesprecher der Firma Speck in den Block diktiert hatte: Alles sei nur vom Feinsten!
»Wenn man bedenkt«, schrieb er, »daß in der Planungsphase ein paar zugereiste grüne Schwarzseher der hiesigen Bevölkerung hatten angst machen wollen, so muß man nach der ersten Besichtigung der Fabrik heute sagen: Das Volk und seine gewählten Vertreter in der Regionalverwaltung, die das Genehmigungsverfahren in Rekordzeit durchgezogen haben, waren wieder mal klüger als die Müsliapostel. Gerhartingen

und die ganze Region im Wald wissen, was sie an einer Unternehmerpersönlichkeit wie Dr. Speck haben. Und alle dürfen sicher sein, daß mit der neuen Fabrik ein wichtiger Beitrag geleistet wurde für die Wirtschaft der Region wie auch für den Umweltschutz.«

Unter dem Artikel war ein Kasten mit Stellungnahmen von wichtigen Personen der Gegend. Alle waren des Lobes und der Zuversicht voll. Auf der gegenüberliegenden Seite war eine Anzeige der Firma. So nützte das neue Werk auch dem Herrn Zeitungsverleger.

»Niemand ist mehr dagegen«, sagte Margarete am Samstag morgen beim Frühstück.

»Die Schule hat einen neuen Overhead-Projektor als Spende von Speck bekommen«, sagte ihr Vater.

»Wogegen ist niemand mehr?« fragte die Mutter, als sie mit der Kaffeekanne aus der Küche kam.

»Ich hab's dir doch erzählt«, sagte der Vater. »Margarete macht sich Sorgen wegen der Erwärmung des Baches, wegen der Muscheln.«

»Na, du hast vielleicht Probleme!« sagte die Mutter. »Ich mach mir mehr Sorgen wegen deiner schulischen Leistungen, meine Liebe. Außerdem sollst du doch deinem Bruder ein bißchen helfen.«

»Wie soll ich meine schulischen Leistungen verbessern, wenn ich mich mit diesem Blödmann abgeben muß?«

»Margarete!« sagte der Vater.

»Red nicht so über deinen Bruder!« sagte die Mutter.

Und Benny sagte: »Die hat bloß noch Zeit für den lieben, lieben Krolli!«

Das war der Punkt, wo der Frühstücksfriede schlagartig beendet war. Margarete versuchte ihrem Bruder quer über den

Tisch eine zu langen und geriet dabei mit dem Ärmel in den Quark. Der Vater fragte: »Wer ist Krolli?« und rettete die Teekanne aus der Kampflinie. Die Mutter aber versuchte eine Rauferei zwischen den beiden Geschwistern zu verhindern und landete selbst mit dem Ellbogen in der Marmelade. »Aufhören!« rief sie. »Sofort hört ihr auf!«
»Aber wer ist Krolli?« fragte der Vater. Und Benny versteckte sich hinter seiner Mutter und rief: »Ihr Schmusischmusi!«
Da konnte Margarete nur noch rausrennen, um einen Frühstücksmord zu verhindern. Raus! Raus! Raus!
Und wohin? Erst dachte sie an die Bernmüllerin. Aber dann ging sie einfach hinüber zum Friedhof und setzte sich unter den traurigen Engel. Der Friedhof war still wie immer. Hier und da arbeitete eine alte Frau an einem Grab. Aber keiner kümmerte sich um das Mädchen, das da so ganz allein herumsaß. Ja, das war sie, ganz allein mit ihrer Sorge um den Bach, einer Sorge, die niemand verstand. Genaugenommen waren nur die Häusler und sie gegen die Fabrik; denn daß der Mistwagen auf dem Dach von denen war, das stand für Margarete fest.
Die Häusler hatten einen Grund. Hatte sie auch einen, einen wirklichen Grund? Sie hatte nicht nachgeforscht, sich nirgends genauer erkundigt, war nicht im Zeitungsarchiv gewesen, um die alten Berichte zu studieren. Sie war nur in den Bach gefallen und in die Geschichten mit dem alten Buch hineingeschwommen, und plötzlich wurde die Gefahr für einen kleinen, unbedeutenden Bach im Wald in ihrem Kopf zur Bedrohung der ganzen Welt. Verrückt, aber was sollte sie machen?
Jemandem davon erzählen? Niemand hatte ihr ja gesagt, daß sie nichts erzählen durfte. Sollte sie zu Krolli gehen, jetzt

gleich? Konnte sie das? So einfach am hellichten Tag bei ihm auftauchen?
Da ging quietschend das eiserne Friedhofstor auf, und herein kam der dürre Häusler. Margarete sah ihn gleich und wollte sich hinter dem Engel verstecken, aber er hatte sie auch gesehen. Er stutzte einen Augenblick, machte dann auf dem Absatz kehrt und ging schnell wieder hinaus, als hätte er es sich anders überlegt.
Margarete dachte nicht lange nach und rannte zum Tor. Ein paar Dinge wenigstens mußten sich jetzt aufklären.
Sie rief hinter ihm her, er solle stehenbleiben. Aber das tat er nicht. Er versuchte sie abzuschütteln, und als ihm das nicht gelang, lief er einfach nach Hause und verschwand in einer der Häuslerbaracken. Vorher hatte er allerdings noch schnell einen Zettel in einen Briefkasten geworfen.
Margarete war wütend, daß sie zu langsam gewesen war, auch wenn sie eigentlich gar nicht wußte, was sie gemacht hätte, wenn sie den Dürren eingeholt hätte. Sie fühlte sich auch gleich ganz unwohl hier zwischen den Baracken. Sie war noch nie hier gewesen, obwohl Gerhartingen wirklich nicht groß war.
Die Baracken waren schlichte Einfamilienhäuser aus dem letzten Jahrhundert, in denen damals vor allem die Arbeiter einer Perlmuttfabrik gewohnt hatten. Im Lauf der Jahrzehnte hatten sich die Häuser ganz individuell verändert, weil jeder Bewohner nach Bedarf drangebaut und erweitert hatte. Und trotzdem hatten die Häuser alle den gleichen armseligen, zusammengestückelten Charakter, überall stand Krempel in den Gärten, überall gab es einen Schuppen mit einer wackligen Blechtür, aus dem ein ausgeschlachteter Autokühler herausragte.

Niemand war zu sehen, und Margarete wäre am liebsten schnell von hier verschwunden, aber sie wollte auch wissen, was auf dem Zettel stand, den der Dürre in den Briefkasten geworfen hatte. Sie ging zu dem Haus hinüber. Das Gartentor war nicht abgesperrt gewesen, das hatte sie gesehen. Sie ging ein paarmal vor dem Haus auf und ab und versuchte herauszufinden, ob sich irgendwo etwas regte. Sie konnte nichts erkennen, öffnete die Gartentür und huschte zum Haus. Der Briefkasten war neben der Tür in die Wand eingelassen. Sie hob vorsichtig den Deckel hoch und schob ihre Hand durch den Schlitz. Sie war verrückt! Wenn sie jemand sah! Aber sie dachte nicht darüber nach. Irgend etwas war hier im Gange, irgend etwas wurde hier geplant, und sie wollte es wissen.

Der Schlitz war eng, sogar für ihre schmale Mädchenhand. Die Blechkante des Briefkastens schnitt ihr ins Handgelenk, aber sie biß die Zähne zusammen und schob die Hand noch ein bißchen weiter hinein. Da war der Zettel. Sie erwischte ihn nicht gleich. Das Papier gab nach und kippte weg. Aber dann hatte sie ihn, zwischen Zeigefinger und Mittelfinger, nur mit den Fingerkuppen, ein paar Millimeter, aber sie hatte ihn.

Ich hab ihn, dachte Margarete. Ich krieg raus, was ihr vorhabt, ihr Kerle!

Da wurde plötzlich ihre Hand gepackt, drin im Briefkasten packte jemand ihre Hand.

Margarete schrie.

Sie hatte vielleicht damit gerechnet, daß jemand die Straße lang käme oder hinter dem Haus hervor, vielleicht, daß jemand ein Fenster aufgemacht hätte oder die Tür. Selbst wenn die Gartenzwerge im Steingarten angefangen hätten zu reden, wäre sie nicht so erschrocken wie jetzt.

Sie versuchte, ihre Hand aus dem Briefkastenschlitz zu ziehen, aber der Jemand da drin ließ nicht los. Ihr Handgelenk tat weh, ihre Knöchel brannten, gleichzeitig zitterten ihr die Knie, und ihr Kopf war so blutleer, daß sie jeden Augenblick ohnmächtig werden konnte.

Da ließ die Pranke im Briefkasten plötzlich los, und Margarete konnte ihre Hand herausziehen. Gleichzeitig aber ging die Tür auf, und Severin kam heraus. Er grinste gemein und genoß seinen Triumph.

Margarete rieb sich das Handgelenk und versuchte, ihre Gedanken in Ordnung zu bringen. Wie sollte sie ihre Neugier erklären? Eigentlich eine Art Diebstahl sogar! Gleichzeitig war sie so voller Wut über die Gemeinheit.

»Hättest nicht gedacht, was, daß bei uns der Teufel im Briefkasten sitzt und die Neugierigen bei den Pfoten packt!« Severin genoß es, das feine Lehrermädchen zu demütigen.

Margarete hätte zuerst heulen können vor Scham. Jetzt aber siegte die Wut in ihr. »Der Teufel, das bist schon du!« rief sie. »Und alles, was sie von dir sagen, stimmt auch!«

Severin grinste immer noch. »Was sagen sie denn von mir?«

»Alles Schlechte!«

»Dann passen wir ja zusammen«, sagte Severin, »der schlechte Severin und die diebische Gretl.«

»Ich heiß nicht Gretl!«

»Ach, nicht?« sagte Severin. »Wo doch dein Liebster Hänsl heißt!«

Margarete wußte später nicht mehr genau, wie sie aus dieser Falle rausgekommen war. Sie wußte nur, daß sie Severin haßte wie die Pest und daß sie ihm das Handwerk legen würde, was immer sein »Handwerk« sein mochte. Sie würde herausfinden, was er und seine Kumpane vorhatten, und dann würde sie es ihnen zeigen.

Zunächst aber hatte sie keine Ahnung, wie sie an Severins Pläne herankommen sollte; denn noch mal würde sie nicht ins Häuslerviertel gehen. Doch da kam ihr wieder mal der Zufall zu Hilfe oder was es sonst war, das dauernd ihre Wege kreuzte in diesen Tagen.

Krolli trug den örtlichen Anzeiger aus, ein Werbeblättchen, das jeden Samstag die Briefkästen verstopfte. Hans Krollmann war ein ordentlicher Blättchenausträger, er warf nicht einfach nur einen Haufen Papier in jedes Treppenhaus, sondern verteilte seinen Anzeiger brav in alle Kästen, was nicht immer ganz einfach war, da vor ihm oft schon die neue Pizzeria und das Rote Kreuz und der Getränkemarkt und die Caritas dagewesen waren. So mußte er manchmal erst ein paar Wurfzettel herausziehen, damit sein Blättchen im Briefkasten Platz fand.

Und so stieß er auf die Nachricht, die der Dürre offenbar nicht nur bei Severin in den Kasten gesteckt hatte.

Ein handgeschriebener Zettel ohne Adresse und Absender.

Und nur ein einziger Satz:

NACH DER WANDLUNG IM KRÄHENLOCH!

Krolli verstand die Botschaft nicht. Daß es eine Botschaft sein mußte, war ihm klar. Er nahm den Zettel an sich.

Und als er später auf seiner Runde Margarete traf, erzählte er von seinem Fund. Margarete hätte ihn küssen können, aber sie versuchte, ihre Erregung zu verbergen.

Als ihr Krolli dann allerdings den Zettel zeigte, war sie ziemlich enttäuscht und ratlos.

»Verstehst du das?« fragte er.

»Nein. Gibst du mir den Zettel?«

Er reichte ihr die Nachricht. »Da plant wer was, das steht fest.«

»Gegen uns?« Margarete war das ein bißchen zu schnell herausgerutscht.
Krolli sah sie fragend an. »Wieso soll wer was gegen uns planen?«
»Ich meine ja nur. Wegen dem Johannisfeuer. Weil ich nicht mit ihm gesprungen bin.«
»Ach so«, sagte Krolli. »Du meinst, das ist eine Nachricht von den Häuslern? Oder vom Severin?«
Margarete wurde ein bißchen rot. »Nein, nein«, sagte sie, »ich weiß gar nichts. Hätte ja nur sein können. Wer soll denn sonst bei uns hier geheime Botschaften in die Briefkästen werfen?«
»Meinst du, es gibt noch mehr solche Zettel?«
Du lieber Himmel, schon wieder ein Fehler! »Nein, nein, nein! Ich hab keine Ahnung. War nur so eine Idee. Denen kann man einfach alles zutrauen.«
»Könnte sein, sie planen was gegen den Speck«, sagte Krolli. »Wenn sie was planen, dann gegen den. Nächste Woche ist doch die Einweihung vom Werk und vom Kanal.«
»Wenn es gegen den Speck wäre, würde ich am liebsten mitmachen.«
»Da kannst du nichts machen«, sagte Krolli.
»Der Mistwagen auf dem Dach war doch schon was.«
»Aber deswegen läßt der doch das Werk nicht stillegen. Also war es sinnlos.«
Margarete wußte, daß Krolli recht hatte und auch wieder nicht. Sie verabschiedete sich.
»Was willst du jetzt machen?« fragte Krolli.
»Nichts«, sagte Margarete.
»Aber du bist vorsichtig wegen der Häusler«, sagte Krolli.
Er ist nicht dumm, dachte Margarete. Er ist eigentlich richtig

gut, wie er aufmerksam alles wahrnimmt. Sie mußte besser aufpassen, daß er nicht was herausbekam; denn irgend etwas in ihr sagte, die Muschelgeschichte ist meine Geschichte, ganz allein.

Zu Hause holte Margarete den Zettel hervor und dachte nach. WANDLUNG, was war das? Ihren Vater wollte sie nicht fragen, um sich nicht zu verraten. Sie sah im Lexikon nach, aber da stand nur, daß Wandlung in der katholischen Kirche die Bezeichnung für Transsubstantiation sei. Das war nicht sehr hilfreich. Margarete war evangelisch. Sie kannte sich in der theologischen Geheimsprache nicht aus.

Aber ihr Vater hatte noch ein Lexikon, das »Handwörterbuch des Deutschen Aberglaubens«, und da fand sie die Erklärung, die sie verstand: »Wandlung bezeichnet jenen Teil der Meßfeier, wenn der Priester die Abendmahlsworte über Brot und Wein spricht und diese dadurch in den Leib und das Blut Christi verwandelt werden. Seit dem Mittelalter wird die Wandlung durch ein Glockenzeichen angekündigt.«

Margarete war schon mal in der katholischen Kirche gewesen. Sie wußte, daß die Ministranten die Glöckchen läuteten bei der Abendmahlsfeier. Die Ministranten! Ja! Ja, das war es. Sie mußte am Sonntag in den katholischen Gottesdienst gehen.

»Ich möchte bloß mal sehen, wie die das machen bei den Katholen«, sagte Margarete beim Frühstück.

Die Eltern wunderten sich zwar, weil Margarete sonst keine große Kirchgängerin war, aber sie hatten nichts dagegen. Ein paar Leute aus dem Dorf begrüßten sie dann verwundert, aber sie brauchte weiter keine Ausreden mehr. Und von ihren Klassenkameraden ging sowieso keiner in Gerhartingen in die Kirche.

Es war, wie sie vermutet hatte, Severin war einer der vier Ministranten. Sie trugen rote Kleidchen und weiße Schürzen drüber und sahen sehr brav aus.
Als die Eucharistiefeier kam, nahm Severin seine goldenen Schellen und schüttelte sie dreimal heftig. Erst über die Hostie, dann noch einmal über den Wein. Dann ging die Gemeinde nach vorne, und die Hostien wurden ausgeteilt. Die Ministranten mußten kleine Handreichungen erledigen, silberne Schalen hierhin und dahin bringen oder weiße, gestärkte Tücher auf- und zusammenfalten. Einmal gingen Severin und ein anderer Ministrant in die Sakristei. Margarete wollte schon aufspringen, aber die beiden kamen wieder.
Hatte sie sich doch geirrt? Bedeutete die Botschaft gar nicht, daß sich die Häusler jetzt, am Sonntag nach der Wandlung, treffen wollten? Oder ging bloß Severin nicht hin? War gar nicht dieser Sonntag gemeint? Gab es noch einen zweiten Gottesdienst heute? Oder an einem anderen Tag? War es gar keine Botschaft gewesen? Nur ihre Phantasie? Nur Einbildung?
Inzwischen war die Gemeinde abgespeist. Alle setzten sich wieder. Pfarrer und Ministranten räumten die Gerätschaften auf.
Und Severin war verschwunden.
Es waren nur noch drei Ministranten. Vielleicht war er hinter dem Altar, dachte Margarete, oder er kommt gleich wieder aus der Sakristei. Aber er kam nicht. Er war weg.
NACH DER WANDLUNG IM KRÄHENLOCH!
Während sich die Gemeinde zum Gebet erhob, schlüpfte Margarete aus der Kirche. Sie sah sich schnell um, lief einmal um den Kirchhof, spähte durchs Sakristeifenster. Severin war weg. Margarete überlegte nicht lang und lief los. Sie wußte

nicht genau, wo das Krähenloch war, aber sie mußte ja wohl nur dem Bach folgen.

Doch das war gar nicht so einfach. Der Weg am Bach entlang war bald zu Ende. Margarete war sicher, daß es einen Weg zum Krähenloch geben mußte, aber sie fand ihn nicht. Immer wieder blieb sie fast stecken im undurchdringlichen Gewirr und Gewucher des Erlengestrüpps. Immer wieder erkannte sie Pfade, die wegführten vom Bach, niedere Durchschlüpfe für das Wild, wenn es aus dem Dickicht zur Tränke kam. Aber das brachte sie nicht weiter.

Es war ein warmer Sommertag, aber hierher gelangte nie ein Sonnenstrahl. Offenbar gab es hier auch keine Forstbewirtschaftung. Niemand hatte die umgefallenen Bäume weggeräumt. Was starb und fiel, lag kreuz und quer, bedeckt mit Moos und Baumschwämmen und Schlinggewächs, und vermoderte langsam.

Es war kühl, manchmal hingen sogar feine Nebelschwaden über einem Sumpfloch. Trotzdem schwitzte Margarete. Ihre Hände waren schon ganz zerkratzt, ihr Haar wirr, weil sie immer wieder im Gezweig hängenblieb. Lange Moosfasern, die von den Ästen hingen, griffen nach ihrem Gesicht.

Allmählich wurde ihr ein bißchen unheimlich.

Lange schon war kein menschlicher Laut mehr zu hören, keine Straße, kein Glockengeläut, auch kein Hund. Es war so ein Augenblick, wo die Waldfrau aus dem finstern Tann tritt und dich verschleppt für sieben Tage, die sieben Jahre sein werden. Oder der Nöck taucht aus dem dunklen Wasser, um dich hinunterzuziehen in sein feuchtes Haus auf Nimmerwiedersehen. Es war der Augenblick, wo Margarete dachte, ich gehe jetzt durch ein Tor aus Brombeerranken, und dann steht ein Einhorn vor mir und legt seinen Kopf in meinen

Schoß, und ich stecke für ewig voller Glück und Traurigkeit in der Anderswelt fest.
Da hörte sie ein Knacken im Gebüsch. Natürlich, so fing es immer an. Und dann ein Pfiff. Und dann brach die Wildnis mit Geschrei über sie herein. Vielhändig und grob fielen sie über Margarete her. Sie zogen ihr einen alten Jutesack über den Kopf. Sie warfen sie auf den Boden und verschnürten sie wie ein Paket.
Margarete versuchte sich zu wehren, aber sie hatte keine Chance. Sie schrie laut, aber sie drückten ihr von hinten den Sack in den Mund, bis sie keine Luft mehr bekam. Dann rissen sie sie hoch und schleppten sie weg.
Der Sack war ziemlich fadenscheinig, und Margarete konnte die Wegelagerer durch die Maschen sehen. Severin ging voraus wie ein Hauptmann. Dann kamen der lange Dürre und der, der damals bei der Hochzeit in Gerhartingen den Sack mit der Kette getragen hatte. Er hatte große, abstehende Ohren und spuckte dauernd neben sich, als müsse er den Weg mit seinen Duftmarken versehen.
Dann waren da noch zwei, die sie führten. Jeder hatte ein Ende des Strickes in der Hand, mit dem sie den Sack verschnürt hatten. Sie rissen ständig an ihren Seilenden, so daß Margarete einmal hierhin und einmal dahin torkelte. Hinter ihr mußten noch zwei Burschen sein. Aber die sah sie nicht, weil sie den Kopf nicht drehen konnte, ohne daß der verkrustete Dreck vom Sack bröselte und ihr in die Augen kam.
Einmal versuchte sie sich zu wehren gegen ihre ruppigen Führer. Als der eine wieder einmal gar zu fest am Strick zerrte, trat sie ihm ans Schienbein. Da traf sie gleich von hinten eine Faust in die Rippen.
»Ihr feigen Mistkerle!« schrie sie. »Das wirst du büßen, Se-

verin! Laßt mich sofort...« Weiter kam sie nicht, weil ihr von hinten wieder einer den Sack in den Mund stopfte.
So gab sie sich in ihr Schicksal. Sie mußte vor allem achtgeben, daß sie nicht hinfiel. Es gab zwar so was wie einen Weg, aber er war voller Wurzeln, und dauernd ragten knorrige Äste herein, an denen sie sich die Beine wund kratzte.
Als sie wieder einmal an so einem Ast hängenblieb, merkte sie, daß ihr das Blut am Bein runterlief. Die Wunde brannte, aber Margarete konnte nicht hinfassen, weil ihr die Arme eng an den Leib geschnürt waren. Sie merkte, daß ihr die Tränen kamen. So nahm sie alle Wut und Kraft zusammen, stemmte die Beine in den Boden und blieb stehen. Und dann schrie sie: »Laßt mich endlich los, ihr Arschlöcher!«
Alle Häusler blieben stehen, und die Führer lockerten den Griff am Seil. Margarete konnte ihre Arme ein wenig frei bekommen. Aber die Schrecksekunde dauerte nicht lang.
»He, he!« riefen die beiden Burschen hinter Margarete.
»Frech werden?« rief der Dürre und schlug ihr mit einer Haselnußgerte auf die Waden. Und die beiden Führer rissen so fest am Seil, daß es tief in Margaretes Arme schnitt.
Aber sie hatte gemerkt, daß die Häusler nicht so hart und entschlossen waren, wie sie taten. Sie biß die Zähne zusammen, und dann schrie sie noch mal: »Laßt mich los, ihr feigen Kerle! Nehmt mir den Sack ab! Severin, sag ihnen, sie sollen mir den Sack abnehmen!« Sie mußte husten.
»He, he!« riefen die beiden hinter Margarete. »He, he, he!«
»Die wird echt frech«, sagte der Dürre. »Werd bloß nicht frech!« Er holte wieder mit seiner Gerte aus.
»Hör auf!« sagte Severin. »Nehmt ihr den Sack ab.«
»Warum denn?« sagten die beiden Führer, die ihre Macht nicht so gern aufgeben wollten. »Aber sie bleibt gefesselt!«

»Die haut sonst noch ab«, sagte einer der beiden Burschen hinter Margarete. »Ja, die haut doch bloß ab«, sagte der andere.

»Nehmt ihr den Sack ab!«

»Aber sie soll bloß nicht frech werden«, sagte der Dürre.

Die beiden Führer wickelten das Seil ab und zogen Margarete den Sack über den Kopf. Es staubte, und sie mußte wieder husten.

»Soll ich sie festhalten?« sagte der mit den abstehenden Ohren. Er packte Margaretes Arm und versuchte, ihn ihr auf den Rücken zu drehen.

»Pfoten weg!« zischte Margarete.

»Laß sie, Dumbo!« sagte Severin.

»Oder sollen wir sie wieder fesseln?«

»Ja, nicht daß sie abhaut«, sagten die zwei hinter Margarete.

Sie sah sie nun zum ersten Mal. Es waren offenbar Zwillinge. Sie waren ungefähr acht Jahre alt. Beiden fehlten die oberen Eckzähne.

»Was willst du hier?« fragte Severin.

»Geh spazieren. Darf man das nicht mehr?«

»Die lügt doch, die Lehrergretl!«

»Schnauze, Dumbo!« sagte Severin. »Gehst spazieren, ha? Hier und heute. Mitten im Gestrüpp? Am Sonntag? So ein Zufall!«

»Das ist ein freies Land«, sagte Margarete. »Darf man nicht ein bißchen spazierengehen am Sonntag nach der Wandlung?«

Jetzt wurden die Häusler ganz aufgeregt. »Sie weiß was«, rief Dumbo. »Von mir aber nicht!« rief der Dürre. »Von uns auch nicht!« riefen die Zwillinge.

»Du hast den Zettel in meinem Briefkasten nicht lesen können«, sagte Severin. »Von wem weißt du es?«
»Was soll ich wissen?« Margarete hatte jetzt keine Angst mehr. Diese Truppe war nicht gefährlich, eher ein bißchen komisch. Und sie waren ziemlich nervös, weil sie dachten, Margarete hätte ihr Geheimnis herausgefunden.
»Die weiß was«, sagte Dumbo.
»Was weißt du, Lehrergretl?« Severin machte einen Schritt auf sie zu.
»Ich weiß, was ich weiß«, sagte Margarete und sah lächelnd in die Runde. »Ich weiß zum Beispiel, daß Krähen schwarze Vögel sind.«
»Woher weiß sie das?« schrien die Zwillinge.
»Das weiß doch jeder, sogar ein Häusler.«
»Wer hat's dir gesagt?« Severin packte Margarete an den Armen. Er hatte einen festen Griff. Sie konnte ihn nicht abschütteln. »Wer?«
»Du tust mir weh!«
»Wer?«
»Der Wind, der Wind, das himmlische Kind.«
»In den Bach mit ihr!« schrie Severin und stieß Margarete vor sich her.
»Ja, in den Bach!« riefen die andern. »Wir legen sie in den Bach!«
Die beiden Führer schlangen gleich wieder den Strick um Margarete und zerrten sie durchs Gestrüpp zum Bach. Sie scheuchten eine Amsel aus ihrem Versteck, und irgendwo oben zeterte ein Eichelhäher.
Unten am Bachufer zwangen die Burschen Margarete, sich hinzuknien. Severin trat vor sie hin und fragte: »Wer hat's dir gesagt?«

Was sollte sie sagen? Daß Krolli die Nachricht gefunden hatte beim Zeitungsaustragen? »Niemand«, sagte sie, und es war nicht einmal gelogen.
»Weißt du, was das Bacheinlegen ist, Lehrergretl?« fragte Severin.
»Ist sehr erfrischend«, sagte der Dürre.
»Maul halten!« sagte Severin. »Ich kenn's von deinem Vater. Guter Typ, dein Vater. Hat Sinn für alte Bräuche. Er hat's uns beigebracht. War so ein Verein, den hat's schon vor 500 Jahren gegeben: ›Bubenbruderschaft‹. Die haben das gemacht, wenn einer einen beleidigt hat, haben sie das gemacht: Bacheinlegen. Wir machen's, daß du was sagst. Wir haben dich beobachtet, die ganze Zeit. Wir wissen genau, daß du uns nachspionierst. Wetten, du sagst was?«
Was soll ich denn sagen, dachte Margarete. Es war klar, was sie vorhatten. Sie wollten sie foltern. Margarete hatte Angst.
»Seid ihr bereit, Buben?« fragte Severin.
»Wir sind bereit.«
»Legt sie also ein!«
»Wir legen sie ein.«
Die beiden Führer packten Margarete an den Armen, Dumbo und der Dürre packten ihre Beine. Sie trugen sie, Bauch nach unten, in den Bach.
»Buben, legt ein!« rief Severin.
»Wir legen sie ein!« riefen die vier.
Und dann senkten sie Margarete langsam in den Bach. Alles Zappeln half ihr nicht. Sie konnte gerade noch die Luft anhalten, dann schlugen ihr die Strudel über den Kopf. Der Bach war kalt, aber sie spürte die Kälte kaum. Das Wasser war frisch und klar. Sie öffnete die Augen unter Wasser. Wenn nur die Luft in ihren Lungen ausreichend war!

Da hoben sie sie schon wieder heraus.
»Sag, was du weißt, Lehrergretl. Oder du wirst ein andermal eingelegt. Doppelt so lang!« Severins Stimme kam von weit her. Margaretes Ohren waren voll Wasser. Sie sagte nichts, rang nur nach Luft.
»Legt sie also das andermal ein, Buben!«
»Wir legen sie ein.«
Margarete wehrte sich, strampelte. »Hört auf! Ihr gemeinen Kerle!«
»Legt sie ein!« rief Severin.
»Severin, hör auf mit deinem blöden Gerede! Sie sollen mich loslassen!«
»Wir legen sie ein.«
»Laßt sie ganz lang drin, dann sagt sie's!« riefen die Zwillinge.
»Ganz lang!«
»Severin! Nein!«
Es war ein Fehler gewesen zu schreien. Das merkte Margarete gleich. Sie hätte sich aufs Atmen konzentrieren sollen. Jetzt hatte sie zu wenig Luft. Und durch das Strampeln und Sichwehren verlor sie noch mehr. Auch ließen sie sie diesmal nicht so schnell wieder aus dem Wasser. Ihre Lungen begannen zu brennen, ihre Ohren dröhnten, als läge sie unter einem Wasserfall. Sie riß den Mund auf, ohne es zu wollen, schnappte nach Luft, obwohl sie unter Wasser war. Sie schluckte einen Schwall Wasser.
Sie dachte: Jetzt ertrinke ich.
Da wurde sie plötzlich losgelassen. Die Strömung trug sie gleich ein Stück davon. Aber sie konnte den Kopf hochnehmen und bekam wieder Luft. Auch sprang jetzt jemand in den Bach, groß und stark, und packte sie und trug sie ans Ufer. Sie hustete. Sie würgte.

»Raus mit dem Wasser. Kotz es aus!«

Das war nicht nötig. Langsam beruhigte sich ihr Atem. Der Wasserfall in ihren Ohren versiegte. Sie sah, wer sie im Schoß hielt wie ein Baby: der Hahnenschwanzbartel. Sie ließ es sich gefallen.

»Geht's wieder?«

»Ja, ich glaub schon«, sagte sie und mußte gleich wieder husten, hatte offenbar immer noch Wasser in den Bronchien.

In einigem Abstand sah sie die Häusler. Die vier Folterknechte standen noch im Wasser, als wüßten sie nun nicht mehr, wozu sie da waren. Die Zwillinge hockten ganz nah beieinander auf einem Stein und grinsten verlegen mit ihren Zahnlücken.

»Die wär sonst frech geworden«, sagte der Dürre trotzig.

»Halt den Mund, du Idiot!« rief Bartel.

»Sie weiß was und sagt's nicht«, sagte Severin.

»Und deshalb willst du sie ersäufen?«

»Wenn sie nichts sagt! Braucht ja bloß was sagen!«

»Weil sie Mut hat«, sagte Bartel. »Weil sie ein mutiges Mädchen ist. Nicht so feig wie ihr. Sieben gegen eine!«

»Und wenn sie es rauskriegt und alles verrät?« rief Dumbo.

»Ihr habt nichts verstanden, ihr Dummköpfe!« sagte Bartel.

»Komm!« sagte Bartel und half Margarete auf die Beine. »Komm, du nasses Wasserkind!« Er gab Margarete die Hand und führte sie weg.

»Aber die Versammlung?« riefen die Zwillinge. »Ist dann nicht Versammlung heut?«

Bartel antwortete nicht. Er legte Margarete seine Jacke um, denn sie zitterte ein bißchen.

»Wohin gehen wir?« fragte Margarete, als sie merkte, daß sie nicht den Weg nach Hause nahmen.

»Ich bring dich zur Bernmüllerin«, sagte Bartel. »Ich glaub nicht, daß du so daheim auftauchen solltest, oder?«
Naß und verkratzt war sie, die Haare verklebt, die Nase rot. Gut, also zur Bernmüllerin. »Jetzt hat mir das Gewölle schon Glück gebracht«, sagte sie.
»Ach, hast du es noch? Ich hab gedacht, du schmeißt es weg. Gibt ja Leute, die ekeln sich vor so was.«
»Haben Sie wieder mal eins gefunden?«
»Brauchst nicht Sie sagen. Nein, das Glück ist selten.«
So redete der Bartel, immer so Sätze mit Bedeutung. Margarete hätte gern mehr von ihm gewußt. Vor allem, ob er etwas mit dem Bärnickel zu tun hatte. Aber der Bartel ging flott, und sie mußte sich anstrengen, um Schritt halten zu können.
Schließlich wurde der Weg breiter, und sie konnten nebeneinander gehen.
»Was wolltest du im Wald?« fragte Bartel.
»Bißchen spazierengehen nach der Wandlung«, sagte Margarete.
Bartel lachte. »Mußt besser auf der Nordseite vom Bach gehen, wenn du zum Krähenloch willst. Auf der Südseite gerätst du ins Gestrüpp.«
»Was machen die Häusler im Krähenloch?«
»Oh«, sagte Bartel und blieb stehen. »Oh, das ist geheim. Geheime Männersache.«
»Ist es gegen den Speck?«
»Gegen den möchtest du am liebsten selber was machen, stimmt's?«
»Nicht gegen ihn. Nur, daß er den Bach nicht verdirbt«, sagte Margarete. »Ist es das, was sie machen im Krähenloch, einen Plan gegen den Speck?«
»Wer's verrät, den holt der Bär.«

Er würde nichts sagen, das war klar, auch wenn er das nicht richtig gefunden hatte, was die Häusler mit ihr gemacht hatten. Aber vielleicht verriet er was anderes. »Gibt's eigentlich noch Bären hier im Wald? Im Krähenloch soll mal einer gelebt haben.«
»Nein, mein Fräulein, das sind Märchen. Bücher-Hirngespinste.«
Und der Bärenführer Störzer, wollte Margarete sagen, aber sie ließ es.
»Weißt du, daß die Bernmüllerin niemanden in das Buch schauen läßt, nur dich?« sagte der Bartel. »Aber das macht mir nichts. Will gar nichts wissen davon. Es gibt ja Bücher, die ziehen dich richtig rein. Besser, man fängt gar nicht erst an.«
Ja, dachte Margarete, das Muschelbuch ist so eines, besonders wenn es eine wie die Bernmüllerin vorliest mit ihrer dunklen Stimme, als wenn die Erde selber redete. Wollte der Bartel sie warnen vor dem Buch? Was wollte er überhaupt?
»Was machst du eigentlich im Wald?« fragte Margarete. Sie blieb stehen.
»Leben«, sagte Bartel. »Und Wasserkinder fischen.« Er lachte sie an.
»Und Muscheln?« Margarete hatte plötzlich so eine Idee. »Oder Perlen?«
Der Bartel sah sie lang an. Dann zuckte er mit den Schultern. »Das wär nicht schlecht«, sagte er. Er nahm ihr seine Jacke ab. »Da vorn ist die Mühle.«
»Kommst du nicht mit?«
»Heute nicht. Leb wohl und bleib schön trocken in Zukunft.« Er drehte sich um und war wenig später im Wald verschwunden.

Perlen, dachte Margarete, das ist es. Der fischt Perlen. Ich würde so gerne auch einmal eine Perle finden. Dann klopfte sie an die Tür und ging hinein.
Die Bernmüllerin wunderte sich nicht, als Margarete in ihre Stube trat. »Bist wieder in den Bach gefallen?«
»Ja, irgendwie schon.«
»Dann richten wir dich halt wieder her. Zieh das nasse Zeug aus. Aber du solltest ein bissel aufpassen. Wer weiß, ob's beim dritten Mal auch noch so glimpflich abgeht.« Die Bernmüllerin hängte Margaretes Sachen auf, machte ihr einen heißen Holundersaft und strich ihr eine Salbe auf die Kratzer. »Wenn du Strümpfe angehabt hättest, wärst nicht so zugerichtet.«
»Danke«, sagte Margarete. »Ja, übrigens, danke auch für die Strümpfe.«
»Hab schon gehört, daß sie dir gut stehen. Und daß du den Hans nicht hast loslassen beim Feuerspringen. Ist er ein Netter?«
Margarete wurde rot und hoffte, daß es die Bernmüllerin dem Holundersaft zuschreiben würde.
Aber die Bernmüllerin sah gar nicht hin zu ihr. Sie kicherte in sich hinein. »Früher hätt' das was bedeutet«, kicherte sie, »früher zu meiner Zeit. Da hätt' das bedeutet, daß man sich auch im Leben nimmer ausläßt, wenigstens ein Jahr lang.«
Margarete wußte nichts von diesem Brauch. Wenn sie es gewußt hätte, wäre sie niemals mit Krolli übers Feuer gesprungen. Aber der wußte es sicher auch nicht. Und Severin? Der kannte sich aus mit alten Bräuchen. Der wußte so was bestimmt. Der wußte das und hatte mit ihr springen wollen. Gut, daß sie sich geweigert hatte. Eine heiße Welle schoß ihr durch den ganzen Körper.
»Schön, wie du glühst«, sagte die Bernmüllerin. »Dann wirst

nicht krank.« Sie saß in ihrem Sessel neben der Truhe und sah Margarete an. Voller Zärtlichkeit und Wärme. Lange sah sie das Mädchen an, das Mädchen mit den roten Haaren und der perlmuttweißen Haut. Konnte es wirklich sein, daß sie es war, das Schneckerl, das Bärenkind Ursula oder Gritl, die andere Margarete? Hat ja schon mal eine gegeben im Dreißigjährigen Krieg.

Margarete sah den Blick und verstand ihn als Frage, ob die Bernmüllerin vorlesen solle.

»Ja«, sagte Margarete.

Sie sah, wie die alte Frau zusammenzuckte, denn die hatte das Ja auf ihre andere Frage bezogen.

»Ja«, sagte Margarete noch mal, »lesen Sie mir wieder eine Geschichte vor.«

NEUE NACHRICHT ÜBER EIN MUSCHELKIND, DAS DEN TEUFEL MIT DEM BEELZEBUB AUSTRIEB, WOBEI DIE GERHARTINGER GNADENKAPELLE EXPLODIERTE UND DER BERNBACH EIN KNIE MACHTE (UM 1633)

Wer heute, A. D. 1638, von Gerhartingen aus ein Stück gegen Südwesten in den Wald geht, der findet nur ein paar Pfähle im Bach, schief und halb verfault. Gut fünf Jahre ist es her, da war da noch kein Bach. Der Bach, Bernbach geheißen, ging durch Gerhartingen und war den Dörflern ein gutes Fischwasser. Bernbach heißt er heute auch noch, aber er macht jetzt ein Knie und fließt vor Gerhartingen schon nach Süden. Da, wo heute die Pfähle im Bach stehen, stand damals eine Hütte, ein Verschlag eigentlich nur.
Dort hausten die Kinder, die der Krieg überall ausspie. Manche sagten »Gritls Haufen«, weil die Anführerin Gritl hieß. Andere nannten sie die Bernmüller-Kinder, weil ihre Hütte einmal die Bernmühle gewesen sein soll.
Die Bernmühle ist lange leer gestanden. Schon unser Vater kannte niemanden mehr, der da gewohnt hätte. Ob es überhaupt eine Mühle gewesen war, wissen wir nicht. Gab ja bis vor fünf Jahren auch kein Wasser dort, nur einen Graben.
Vor zwanzig Jahren soll einmal ein Bär dort Unterschlupf gefunden haben. Kein gewöhnlicher Bär, so wird erzählt. Er konnte die Trommel

schlagen und sang Landsknechtslieder, wenn Vollmond war. Wir denken, es wird wohl ein verkommener Landstörzer gewesen sein, ein Rumtreiber, so wild, daß man ihn für einen Bären nahm.

In jener Zeit kam ja der Komet und verkündete das Unheil des großen Krieges. In Leid und Unglück aber denken die Menschen an ihre Schuld und warum sie so büßen müssen. Da sind sie froh, wenn sie einen finden, dem sie die Sünden anhängen können. So zündeten die braven Gerhartinger eines Nachts die Bernmühle an, weil sie dachten, daß der Bär kein anderer als der Teufel selber wäre.

Die Bernmühle brannte nieder, wenn auch nicht ganz, weil ein furchtbarer Wolkenbruch den Brand gelöscht hat. Ist aber nie wieder jemand gesehen worden dort. Das wußte unser Vater, der öfter hinging, ein paar Balken zu holen für die Perlgalgen, die er im Auftrag des Pfleg-amtes errichtete. Dabei muß er auch dieses Buch gefunden haben. Unser Vater, Gott hab ihn selig! ist letztes Jahr zu Lichtmeß an der Pest gestorben. Das Buch war unter seinen Sachen.

Wir wissen nicht, ob die andern Geschichten in dem Buch alle wahr sind, können auch gar nicht alles lesen und entziffern. Aber die Sache mit Gritl, die ist wirklich so gewesen.

Fünfzehn Jahre war der Krieg schon alt. Und wer ein Kind war, der wußte nichts anderes als Krieg. Jedes sah zu, wie es leben konnte, wenn der elterliche Hof zerstört war und die Alten tot oder versprengt übers ganze Land. Manche liefen mit dem Troß hinter den Regimentern her und sammelten ein, was liegenblieb nach einer Schlacht. Andere lagen auf der Straße und ernährten sich von Diebstahl. Überall verjagte man sie wie streunende Hunde.

Bei uns aber sagte man ihnen: Geh zum Gritl auf die Mühle.

Die Gritl oder Margarete war ein Mädchen ungewissen Alters, fünfzehn vielleicht, so alt wie der Krieg. Sie soll auffallend schön gewesen sein trotz ihrer wilden roten Haare. Eine Haut wie Perlmutt soll sie gehabt haben. Niemand weiß, wo sie herstammte, auch war gar nicht sicher, wie sie hieß. Aber Margarete ist der Name für die Findelkinder, und so hieß sie eben Gritl.

Sie hatte sich in der abgebrannten Mühle eingenistet und fiel niemandem zur Last. War ja auch sehr abseits, so ließ man sie gewähren. Aus Weidenstämmen, die der Biber oben am Bach gefällt hatte, baute sie sich eine Laubhütte. Deshalb hieß sie auch Biber-Gritl. Manche erzählten nämlich, sie wäre eigentlich feiner Leute Kind gewesen und man hätte sie ertränken wollen wegen eines Erbstreits. Aber der Biber hätte sie gerettet und in seinem Bau großgezogen. Und jetzt hätte er seiner großen Tochter das Haus gebaut. So entstehen Sagen aus Unwissenheit und Phantasie.

Die Gritl blieb nicht lang allein. Von einem ihrer Ausflüge in den nahen Marktflecken brachte sie einen kleinen Hund mit und ein Zwillingspaar. So lebten sie zu viert und waren bald zehn oder ein Dutzend. Manche gingen, andere kamen. Die Kinder waren's zufrieden und die Leute im Umkreis auch.

Nur manchmal stand einer in Gerhartingen auf und sagte, das gehe doch nicht an und sei wahrscheinlich Diebsgesindel und werde noch alle ehrbaren Leute umbringen hier und müsse folglich vor den Pfleger gebracht und eliminiert werden. Aber der Herr Pfarrer hielt seine Hand über die Kinder, und die Dorfleute waren froh, daß sie ihnen nicht zur Last fielen.

Denn Gritl hatte ihr Auskommen. Sie handelte mit Perlen. Das war bei Strafe des Handabschlagens verboten, aber alle taten es. Der Pfleger Balthasar Pettenbeck hatte sogar im Auftrag und auf Geheiß des Herrn Kurfürsten Maximilian gerade wieder ein Dutzend neue Perlgalgen bei unserem Vater in Auftrag gegeben. Aber die Leute sagten, der große Herr in München solle erst einmal den Schweden aus dem Land jagen und sich erst dann wieder um die Perlen kümmern.

So fischten die Bauern heimlich alle in den Bächen und fanden auch die eine oder andere Perle und verkauften sie an durchreisende Seiden-

sticker, Perlhefterinnen oder Gürtelmacher aus Prag oder gar vom Rheinstrom.

Besonders viel aber fing die Gritl. Sie ging am Morgen los, noch vor Sonnenaufgang. Allein ging sie. Ihr Haufe schlief noch in der Weidenhütte. Waren ja meist jüngere Kinder, denen die Gritl Freundin war und Mutter zugleich. Nur der Hund durfte mit.

Sie schlich durch den Wald wie ein Schatten und brauchte kein Licht als die Sterne. Sie konnte gehen, ohne daß ein Zweiglein knackte, und ihren Weg fand sie im Schlaf.

Als sie am Bach ankam, fingen wahrscheinlich die ersten Vögel an zu singen, sahen oben in ihren Wipfeln wohl schon das erste Dämmerlicht heraufziehen.

Unten am Bach war's noch dunkel. Trotzdem sah Gritl die neuen Perlgalgen aufragen am Bachufer wie finstere Zeigefinger. Die Galgen dienten nicht wirklich dem Aufhängen, dazu waren sie nicht stabil genug, sondern waren Mahnmale, die den Schwarzfischer schrecken sollten. Auf einer Tafel stand die angedrohte Strafe. Und für die, die nicht lesen konnten, war auf der Rückseite mit dem Brenneisen ein Bild eingebrannt: ein Bach voller Muscheln; links ein gefesselter Frevler, den der Büttel mit der Peitsche traktierte; in der Mitte der Perlgalgen; rechts ein Hackstock und ein Beil und die abgehackte Hand.

Gritl kümmerte sich nicht um den Galgen. Sie wußte, wie alle im Wald, daß der Galgen nur dem Zimmermann nützte, der einen Gulden bekam fürs Aufrichten. Sie stieg in den Bach, und wenn ihre bloßen Füße eine Muschel erspürt hatten, dann kniete sie sich hin und nahm das Tier heraus.

Aber sie brach es nun nicht einfach auf wie andere Frevler. Sie fand die Perle, ohne den Perlschneck zu töten. Manche erzählen, die Muscheln hätten zu ihr gesprochen. Aber sie wird wohl einfach die Perlzeichen auf der Schale gekannt haben. Wenn sie die erste Perle fand, schimmerte meist das Morgenlicht durch die Zweige und zündete den Luster

an in der Perle, das geheime Licht, das Gritls Perlen so besonders beliebt machte.
So ging das eine Woche oder zwei. Man muß ja zweihundert Muscheln aufmachen, um eine leidlich gute Perle zu finden. Aber dann hatte Gritl genug in ihrem Säckel, um in den Marktflecken zu gehen. Die Perlen brachten ihr gut Geld, und Gritls Haufen hatte wieder sein Auskommen für eine Zeit.
Aber es war Krieg – und ist es immer noch, bei Gott! Überall Soldaten im Land. Nicht immer überall. Lange ist es oft still und wie Frieden. Aber dann sammeln sie sich wieder und rollen über das Land wie ein Feuersturm. Nicht nur marodierende Horden sind eine Plage, sondern auch die regulären Truppen. Sie wollen ernährt werden und pressen das Land aus, damals wie heute. Hol sie der Teufel!
Damals war es Jan de Weert, gerade vom Kaiser zum General gemacht, der durch seinen spanischen Obristenleutnant Gomez nordöstlich von Gerhartingen seine Truppen sammeln ließ. Sie suchten einen trockenen Unterstand für ihre Munition. Hat viel geregnet in jenem Sommer. Sie fanden schließlich die Gnadenkapelle.
War schon ein wenig heruntergekommen, das Kirchlein am Bach. Niemand in Gerhartingen kümmerte sich darum, seit sie die neue Dorfkirche gebaut hatten. Aber Gomez und seine Kaiserlichen konnten das Kirchlein wohl brauchen. Und obwohl sie ja Katholiken waren, hatten sie keine Bedenken, im Gegenteil: Unsere Liebe Frau vom Bernbach sollte die Munition ihrer Streiter nur gut bewachen.
Gritl sah die Landsknechte einziehen in die Gnadenkapelle, als sie eines Morgens auf Perlfang ging. Sie duckte sich tief ins Gebüsch und wagte sich nicht zu rühren. Dem Hund hielt sie die ganze Zeit die Schnauze zu. Sie kannte die Soldaten, jeder kannte sie. Sie war ein hübsches Ding, fast schon eine junge Frau. Da begegnest du besser keinem ausgehungerten, verwilderten Landsknecht mitten im Wald.
Wagen um Wagen fuhr heran, voller Pulver und Blei. Bis über Mittag

luden sie Kisten und Fässer in die Kapelle. Dann schwitzten sie, zogen sich aus und gingen zum Bach, sich zu waschen.
Dabei entdeckten sie die Muscheln.
Sie nahmen ihre Dolche und brachen sie gleich auf, und wenn sie nichts fanden, warfen sie die Tiere auf den Anger.
Es war aber ein Trupp Spanier unter den Soldaten, die schätzten die Muscheln als Leckerbissen und verschlangen leicht jeder ein Dutzend. Und als ihre Kumpane sahen, daß sie ihnen wohl mundeten, als wären's die feinsten Austern aus dem Ozean, so probierten sie es auch. Und mochten sich wohl schnell daran gewöhnt haben, denn bald war der Bach ein gut Stück hinauf und hinunter leer gefischt.
Später, als die Soldaten schon lange abgezogen waren bis auf ein paar Wachen, saß Gritl immer noch im Gebüsch und war wie tot. So saß sie da den Tag und eine Nacht und noch einen Tag, an dem sie die Soldaten weiter oben am Bach wüten hörte. Gegen Abend fing sie an, zu summen und sich zu wiegen, als wolle sie sich selbst in den Schlaf singen. Das Lied vom Regen summte sie:

»Es geht ein dunkle Wolken rein.
Mich deucht, es wird ein Regen sein,
ein Regen aus der Wolken
aufs Gras und auf die Zäun.«

Das ist, was erzählt wird, und daß der Hund mitgeheult hat. Es heißt, sie sei drei Tage bei ihrem Bach geblieben und habe die Soldaten noch einmal wiederkommen hören. Dann sei sie ohne Hoffnung nach Hause gegangen in ihre Weidenhütte. Zwei neue Kinder waren da, das eine mit einer Wunde am Arm. Gritl machte ihm einen Verband und hörte, daß nicht weit nach Nordwesten der Schwede lagere, nachdem er im Dorf der beiden Kinder gewütet hatte.
Da wachte die Gritl auf und faßte einen Entschluß.

Am nächsten Tag versammelte sie ihren Haufen um sich und sagte ihnen, sie müsse für ein paar Tage weg. Sie sollten nur zusammenbleiben und am besten zu Hause in der Hütte. Den Zwillingen übertrug sie die Verantwortung und sagte ihnen, daß sie gehen wolle, den Teufel mit dem Beelzebub auszutreiben.

»Sorgt für alle«, sagte sie und gab ihnen, was sie an Geld noch hatte. »Der Hund hilft euch. Ihn laß ich auch da.«

So ging sie und fand am übernächsten Abend schon die Schweden. Das war keine feine Truppe. Wüste Gesichter und ausgemergelte Körper, schlecht gekleidet, die Sachen in Lumpen und Fetzen vom Kampf. Manche waren sogar in geraubten Weibskleidern und sahen aus wie maskiert.

Es war nicht schwer, sich ins Lager zu schleichen; denn überall lagerten nicht nur Soldaten, sondern es waren auch Frauen dabei und junge Mädchen und Kinder und Reiterjungen und sonst noch allerlei Volks.

Gritl sah sich um und faßte schließlich Zutrauen zu einer Marketenderin, die ihr ein paar schöne Perlen abkaufte. Von ihr wollte Gritl wissen, ob es Sinn mache, dem Obristen der Schweden von den Katholischen zu berichten. Die seien gewiß leicht zu überraschen. Aber die Marketenderin sagte, daß ihrem Obristen noch nicht wieder nach Kampf sei, er müsse erst neue Kräfte sammeln. In einem Monat vielleicht. Und außerdem sei er ein wüster Kerl und nicht zu sprechen für kleine Mädchen. Und überhaupt, was geht's dich an, ob Schwed oder Katholik?

Die Alte hatte aber ein gutes Herz und gab Gritl zu essen und machte ihr ein Lager unter ihrem Wagen für die Nacht. Da lag dann das Kind und wußte nicht, wie sie die schwedischen Soldaten an ihren Bach lokken sollte, daß sie die Kaiserlichen von dort vertrieben; denn das hatte sie sich ausgedacht in ihrem Kopf.

Sie war gerade am Einschlafen, da sah sie, nicht weit von ihrer Lager-

statt, zwei Musketiere um eine Schatulle streiten. Sie verstand nicht, was sie sagten, aber es war klar, daß jeder die Schatulle haben wollte. Schon sammelten sich Zuschauer, und auch Gritl stellte sich dazu. Die Musketiere zankten und schimpften und warfen schließlich die Schatulle auf den Boden. Das Schloß sprang auf, und ein Beutel fiel heraus, klingend und offenbar voller Münzen.

Gritl packte den Beutel und war im Nu davon.

Das Geschrei war groß, das kann man sich denken. Haltet die Diebin! Aber Gritl entkam aus dem Lager und rannte davon in den Wald. Allerdings nahmen die Musketiere die Verfolgung auf, da sie nun beide bestohlen waren. Und ein kleiner Trupp Soldaten folgte ihnen.

Sie kamen freilich nicht gut voran im dichten Wald und verloren wieder und wieder Gritls Spur, so daß die einfältigen Burschen schon dachten, sie wären hinter einem Gespenst her oder einem Irrwisch. Aber immer, wenn sie gerade umkehren wollten, tauchte das Mädchen wieder auf, schwenkte den Beutel über ihrem Kopf und rannte weiter.

Die Geschichte wird immer so erzählt, als sei das alles ein Spiel gewesen. Aber wir denken, es war ein Spiel auf Leben und Tod. Wir kennen die Wut der Soldateska, und keiner ist im ganzen Land, der nicht ein Lied davon zu singen weiß.

Doch die Biber-Gritl bekamen sie nicht zu fassen. Sie sahen sie zum letzten Mal kurz vor der Gnadenkapelle. Da schrie das Mädchen: Holla! Wache! Die Schweden kommen!

Und sprang in den Bach und blieb verschwunden.

Dann knallten auch schon die Musketen der Wachmannschaft. Die Kaiserlichen waren nicht schlecht erschrocken, als plötzlich ein Trupp Schweden vor ihnen auftauchte. Und die Schweden natürlich nicht weniger. Das Scharmützel könnten wir nun lang und breit beschreiben. Aber wir denken, jeder weiß, was ein Kampf zwischen Soldaten ist. Ist auch nicht weiter wichtig für unsere Mitteilung. Wichtig ist, daß end-

lich eine Kugel aus einer schwedischen Muskete die morsche Tür der Gnadenkapelle durchschlug und ihren Weg in ein Pulverfäßchen fand.
Das gab einen schönen Knall und ein feines Feuerwerk, und die ketzerischen Schweden jubelten. Ihr Geld sahen sie nicht wieder, doch entschädigte sie der Sieg über die Katholiken und die wunderbare zweite Himmelfahrt der Bernbacher Madonna ein wenig. Sie zogen schnell ab, bevor der Feind Nachschub bekam.
Der Knall hatte ein weites Echo. Von überall her machten sich die Leute auf, nachzusehen, ob vielleicht der Komet zurückgekommen und bei ihnen hier in die Erde gefahren wäre.
Was sie sahen, war ein großes Loch, da, wo die Gnadenkapelle gestanden hatte. Der Auswurf aus diesem Krater war in den Bach gestürzt und hatte ihn zugeschüttet. Gleichzeitig hatte die Explosion eine große Rinne in den Damm nach Süden gerissen. Durch diese Rinne ergoß sich nun der Bach und fraß sich schnell tiefer und tiefer ein und suchte sich seinen Weg den Graben hinunter, von dem manche sagen, es wäre einmal eine Römerstraße gewesen. Der Bach aber fand sich zurecht, als kenne er den Weg schon lange.
In Gerhartingen versiegte an diesem Tag der Bach.
Der neue Bach soll die Kinder in der Laubhütte im Schlaf überrascht haben. Sie folgten ja Gritls Rat und Anweisung und hatten sich nicht fortgetraut. Jetzt packte das Wasser ihre Hütte und trug sie fort wie eine Arche Noah. Sie sollen bis in die Donau geschwommen sein oder weiter. Man weiß nicht, was aus Gritls Haufen geworden ist.
Und Gritl selber?
Daß sie in den Bach gesprungen ist, das ist die letzte Nachricht, die wir haben. Und nur, was wir wissen, teilen wir mit. Das Ausschmücken überlassen wir den Dichtern. Ob sie ertrunken oder hinter ihren Kindern hergeschwommen ist, wir können es nicht sagen. Gibt aber viele Leute, die meinen, sie ist nicht tot und könnte wieder auftauchen eines

Tages wie der Kaiser aus dem Untersberg. Wäre auch nicht unnütz, denken wir, so ein tapferes Kind von Zeit zu Zeit.
Das war unsere Mitteilung.

5. »WIR SUCHEN EINE PERLE FÜR DICH!«

Als Margarete gegen fünf Uhr nachmittags nach Hause kam, fand sie ihre Eltern in heller Aufregung.
»Wo kommst du jetzt her?« fragte ihr Vater.
»Noch fünf Minuten, und wir hätten die Polizei verständigt!« brüllte die Mutter.
Sie hatten seit dem Mittagessen auf sie gewartet und sich natürlich immer größere Sorgen gemacht.
»Wo kommst du her?«
Was sollte sie sagen? Sollte sie lügen? Die hatten sicher überall angerufen in ihrer Aufregung: bei Julia, bei Corinna und Nicole, auch bei Krolli wahrscheinlich.
»Erzähl nur nicht, du warst ein bißchen spazieren«, sagte der Vater.
»Erst gehst du in die katholische Kirche, und dann verschwindest du einen ganzen Tag!« sagte die Mutter.
Es war Margarete klar, daß sie jetzt irgend etwas sagen mußte. Ihre Eltern würden sich nicht mit Ausreden zufriedenge-

ben. Außerdem hatten sie vielleicht schon was rausgekriegt, war ja möglich, daß sie jemand gesehen hatte auf dem Weg in den Wald. Warum sie in die Kirche gegangen war, konnte sie nicht verraten. Aber ihr fiel das übermalte Fresko ein, von dem ihr die Bernmüllerin einmal erzählt hatte. »Da soll es so ein Bild gegeben haben«, sagte sie, »wo aus den Brüsten der Mutter Gottes Perlen fallen. Das wollte ich mir anschauen.«

»Das gibt es doch schon lange nicht mehr«, sagte der Vater. »Das hätte ich dir vorher sagen können.«

»Weil du nie mit uns redest«, sagte die Mutter. »Seit wann interessierst du dich für Perlen? Perlen, die bringen bloß Unglück, das sag ich dir.«

»Hör doch auf mit deinem Aberglauben!« sagte der Vater.

»Na, an manchen Sachen ist durchaus was dran«, sagte die Mutter. »Aber dann, nach der Kirche, was war dann? Die Kirche ist um elf aus, spätestens halb zwölf!«

»Ich war im Wald.«

»Aha, im Wald«, sagte die Mutter. »Sag bloß nicht, mit einer Freundin. Die haben wir nämlich alle angerufen. War ganz schön peinlich, das sage ich dir!«

»Mit Hans?« fragte der Vater und sah Margarete fest in die Augen.

Sollte sie ja sagen? War das eine Falle? Sie glaubten, sie wäre verliebt in Krolli. Mit einem Freund im Wald rumstreichen, das konnten sie so schlimm nicht finden. Ihre Eltern waren keine Spießer. Sollte sie ein Techtelmechtel mit Krolli vorschieben? Nein, sie wollte ihn nicht für ihre Ausreden mißbrauchen.

»Nein.«

»Gut«, sagte der Vater und senkte den Blick. »Wenigstens

lügst du nicht. Hans war nämlich hier und hat nach dir gefragt.«
»Und was machst du allein im Wald, wenn man fragen darf?« fragte die Mutter. »Muß ja ganz was Wichtiges sein, wenn du das Mittagessen vergißt. Was meinst du, was wir uns gedacht haben? Meinst du, wir machen uns keine Sorgen? Verschwindest einfach! Und keiner hat dich gesehen! Warum sagst du uns denn nichts?«
Margarete sah, daß ihre Mutter mit den Tränen kämpfte.
»Nun laß mal!« sagte der Vater und drückte sie. »Margarete erzählt uns jetzt, wo sie war. Margarete, du weißt, du hast wirklich alle Freiheiten bei uns. Ich glaube nicht, daß du dich da beklagen kannst. Aber zur Freiheit gehört das Vertrauen. Das müssen wir jetzt wiederherstellen. Wo warst du?«
Wenn ihr Vater redete wie der Schulrat, dann war es ernst, das merkte Margarete. Sie entschloß sich, die halbe Wahrheit zu sagen. Sie erzählte von der alten Frau, die sie eines Tages getroffen hatte im Wald.
»Ist das die Bernmüllerin?« fragte die Mutter. »Hast du von der auch die Zopfmusterstrümpfe?«
»Ja, die strickt dauernd irgend etwas.«
»Glaub nur nicht, wir hätten das nicht bemerkt«, sagte die Mutter.
»Sie weiß viele Geschichten über den Bach und die Gegend hier von früher. Zum Beispiel, wie die Schweden hier waren im Dreißigjährigen Krieg.«
»Und da gehst du hin und läßt dir Geschichten erzählen und vergißt die Zeit?«
»Ja«, sagte Margarete. Und das war nicht gelogen.
»Und das ist alles?« Ihre Mutter schien nicht zufrieden mit dieser Beichte.

Margarete zögerte, zuckte mit den Schultern.
»Margarete, Gretl, du wolltest alles sagen, oder?« sagte der Vater.
Da stürmte ihr Bruder herein. Er hatte eine kleine Maus in der Hand, die an einem Bein blutete und ängstlich aus ihren Knopfaugen schaute. Ein Kater hatte die Maus erwischt, und Benny hatte sie ihm abgejagt. Jetzt mußte sie sofort versorgt werden.
»Du gehst auf dein Zimmer«, sagte der Vater zu Margarete.
»Ja, ich muß sowieso noch Hausaufgaben machen.«
Sie saß dann in ihrem Zimmer über dem Lateinbuch und versuchte sich zu konzentrieren. Aber es ging nicht. Jetzt merkte sie auch, daß sie überall blaue Flecken bekam, wo sie die Häusler beim Bacheinlegen gepackt hatten. Sie ärgerte sich: So eine Gemeinheit hatte sie aushalten müssen und nichts herausgefunden. Dabei war sie nun sicher, daß die irgendeine Aktion planten.
Etwas tun, das wollte sie auch. Sie war eine wie diese Gritl. Sie konnte ebenfalls nicht zusehen. Gritl – Margarete?
Sie mußte es heimlich tun, sonst würde man sie daran hindern. Und es mußte schnell geschehen; denn am nächsten Samstag würde die Fabrik eingeweiht und der Kanal geflutet.
Und das würde das Ende für die Perlmuscheln bedeuten, das wußte Margarete, obwohl ihr keiner glauben würde. Sie war hysterisch, das würden alle denken. Aber was sollte sie machen?
Am Montag geschah zunächst nichts Besonderes. Sie kam in Latein dran und konnte sich wider Erwarten doch an ein paar Vokabeln erinnern. Die Pausengespräche waren wie immer, bißchen was übers Fernsehen, bißchen Musik und

daß der Typ aus der Neunten so süß sei, woraufhin ihn eine andere natürlich besonders doof fand.
In der sechsten Stunde ging draußen ein Gewitter nieder. Als Margarete dann ihr Fahrrad im Hof holen wollte, sah sie ihre Mutter vor dem Schultor. Sie steckten das Rad hinten in den Kombi und fuhren nach Hause.
»Du wärst doch ganz naß geworden.«
»Ja, danke«, sagte Margarete. Aber sie dachte, daß ihre Mutter sie überwachen wollte. Das bißchen Regen hätte ihr nichts ausgemacht. Mit dem Naßwerden hatte sie eine gewisse Erfahrung.
Zu Mittag gab es ihr Lieblingsessen. Und später brachte ihr die Mutter eine Tasse Tee aufs Zimmer. Ob sie sie Vokabeln abfragen solle, bot die Mutter an. Und daß man nachher auch mal ein Schwätzchen halten könnte, so von Frau zu Frau.
»Ich hab soviel Hausaufgaben heute«, sagte Margarete. »Danke, Mama.«
»Jaja«, sagte die Mutter. »Muß ja nicht heute sein.«
Im Lauf des Nachmittags hörte es auf zu regnen. Margarete machte das Fenster auf. Die Luft war frisch. Die Wiese vor dem Friedhof dampfte, und die Stare rannten gierig durchs nasse Gras und fraßen sich an Regenwürmern satt. Als Margarete sich wieder an ihre Aufgaben setzte, flog plötzlich ein kastaniengroßer Stein durchs Fenster. Er traf den Teddy hinten im Regal. Der Teddy machte »Blöarr!« und fiel vom Brett.
Der Stein war mit Papier umwickelt. Margarete hob ihn auf und stürzte ans Fenster. Niemand war zu sehen. Sie wickelte das Papier ab. Es war eine Botschaft: KOMM ZUM ENGEL!!!

Wenn Margarete sich auf die Zehenspitzen stellte, dann konnte sie eine Flügelspitze des Engels drüben auf dem Friedhof sehen. Aber ob jemand dort stand und wartete, das sah sie nicht. Die Friedhofsmauer war zu hoch.
Sie zog ihre Gummistiefel an und sagte ihrer Mutter Bescheid. Bloß mal Luft schnappen wolle sie. Sei ja jetzt so eine angenehme Luft nach dem Regen.
»Soll ich mitkommen?«
Ihre Mutter war mißtrauisch, das war klar. Sie vermutete immer noch Geheimnisse. »Ich geh bloß eine halbe Stunde«, sagte Margarete. »Bloß mal über den Friedhof. Da kannst du mich ja sehen vom Dachboden aus.«
»Na, denkst du, ich hab nichts Besseres zu tun?« sagte die Mutter. »Ich mach dir einen Kakao, wenn du wiederkommst.«
Als Margarete durchs Friedhofstor ging, sah sie ihn gleich: Es war der dürre Häusler. Offenbar war er der Herold der Truppe, überbrachte die Botschaften. Er saß zu Füßen des traurigen Engels und übte Fingerstechen. Seine linke Hand lag flach auf den Steinstufen mit abgespreizten Fingern. In der rechten Hand hatte er ein Klappmesser, mit dem er in schnellem Rhythmus abwechselnd zwischen seine gespreizten Finger stach. Er konnte das sehr gut. Aber als die Friedhofstür quietschte, schrak er hoch und stach sich in den Daumen. Er fluchte und klappte das Messer zu. Er steckte den Daumen in den Mund und sah Margarete wütend an, die ein wenig zögerte weiterzugehen.
Konnte es sein, daß sie wieder irgendeine Gemeinheit planten? Sie sah sich um, während sie langsam zum Engel hinüberging. Dabei mußte sie daran denken, daß man wirklich vom Dachfenster des Pfarrhofs bis hierher sehen konnte. Sie

hielt es durchaus für möglich, daß ihre Mutter dort oben stand und ihr nachspionierte. Also ging sie am Engel und an dem dürren Häusler vorbei, ohne ihn anzusehen.

»He, Lehrergretl, wart!« rief er und sprang auf.

»Nicht hier!« flüsterte Margarete aus dem Mundwinkel und ging langsam weiter. Hinter einer alten Eibe blieb sie stehen. Hier konnte sie nicht gesehen werden.

Der dürre Häusler hatte offenbar gleich begriffen. Er war ihr auf einem andern Weg gefolgt. »Sie sind hinter dir her, oder was?« fragte er, als er Margarete eingeholt hatte.

»Meine Mutter sieht alles.« Margarete beugte sich zu einem Strauß weißer Lilien auf einem Grab hinunter, um an den Blumen zu riechen.

»Hat sie nichts Besseres zu tun? Bei mir schaut keiner, wo ich hingeh.« Er klappte sein Messer auf und stieß es in den Eibenstamm. Dann lutschte er wieder an seinem blutenden Daumen.

»Und was wollt ihr von mir?«

»Wir? Wieso wir?«

»Dann eben du. Was willst du?«

»Wieso ich? Ich will doch nichts. Wieso soll ich was von dir wollen?« Er zog sein Messer aus dem Baumstamm, schnitt einen Zweig ab und begann daran herumzuschnitzen.

»Und der Stein mit der Botschaft?« sagte Margarete. »Du spinnst ja wohl, so einen Riesenstein bei mir reinzuschmeißen!«

»Ich? Ich hab doch keinen Stein geschmissen. Schmeiß doch keinen Stein. Ich doch nicht!«

»Wer denn sonst?«

Statt einer Antwort hörte Margarete neben sich ein Zischen, und eine der weißen Lilienblüten fiel geköpft vom Stengel.

Gleichzeitig trat Severin mit einer Steinschleuder hinter einem Grabstein hervor und grinste.
»Guter Schuß, was?«
»Du warst das! Natürlich!« Margarete versuchte möglichst verächtlich zu klingen, auf keinen Fall sollten sie merken, daß sie ziemlich erschrocken war. »Und, was willst du? Hier bin ich!«
»Muß dir was sagen.«
»Dann sag's. Oder traust du dich nicht?«
»Die wird schon wieder frech!« sagte der dürre Häusler.
»Wahrscheinlich traust du dich nicht, weil ihr heute bloß zu zweit seid, oder?«
Wie auf ein Stichwort fing es nun hinter einem anderen Grabstein an zu kichern, und die Zwillinge steckten ihre Köpfe heraus. Und unter einem großen, alten Baumstamm kroch Dumbo hervor und fragte, ob irgendwas unklar sei.
»Ist irgendwas unklar, he?«
Eh sie sich's versah, war Margarete umstellt. Was sollte sie machen? Schreien? Versuchen wegzulaufen?
»Ich hab's dir gesagt, daß meine Mutter alles sieht vom Dachfenster aus, bloß daß ihr das wißt!«
Severin ließ seine Zwille am Gummi um den Zeigefinger kreisen und ging auf Margarete zu. »Brauchst deine Mami nicht, Lehrergretl. Und auch nicht deinen Herrn Lehrerpapa. Wir tun dir nichts.«
Merkwürdigerweise hatten Severins Worte bei Margarete genau das Gegenteil bewirkt. Sie rechnete mit einem Angriff.
»Rühr mich bloß an, du!«
Severin war jetzt so nah herangekommen, daß Margarete die Pommes mit Ketchup riechen konnte, die er heute mittag gegessen haben mußte.

»He, der küßt die gleich!« rief Dumbo.
»Schnauze, Mann!« sagte Severin, ohne sich umzuschauen.
»Der Hahnenschwanzbartel sagt, du kannst mitmachen, wenn du unbedingt willst.«
Margarete entspannte sich ein bißchen und trat einen Schritt zurück. »Wobei mitmachen?«
»Bei uns.«
»Ich find's aber nicht gut, daß sie mitmacht. Das steht fest«, sagte Dumbo.
»Schnauze, Dumbo!« sagte der Dürre.
»Du doch auch nicht, das steht fest.«
»Schnauze, Dumbo!« sagte Severin. Und die Zwillinge kicherten hinter ihrem Grabstein.
»Wenn du mitmachen willst, dann kommst du am Mittwoch um vier zur Bernmüllerin.«
»Wobei mitmachen?«
»Hab gedacht, du bist so gescheit, daß du alles weißt, Lehrergretl«, sagte Severin spöttisch.
»Ich weiß mehr, als du denkst.«
»So, was zum Beispiel, wenn man fragen darf?«
Margarete wußte gar nichts, das merkte sie jetzt. Sie hatte keine Ahnung.
»Was denn?« riefen die Zwillinge.
»Nix wahrscheinlich«, sagte der Dürre.
»Ich find's jedenfalls nicht gut«, sagte Dumbo.
Margarete sah die Steinschleuder, und da fiel ihr der Caterpillar ein. »Ich weiß zum Beispiel, daß du damals auf den Caterpillar geschossen hast.«
Severins Grinsen verschwand, und seine Augen wurden lauernde Schlitze. »Ich soll das gewesen sein? Woher willst du dann das wissen?«

Er war es gewesen, das war klar. Volltreffer. Wäre er es nicht gewesen, er hätte gefragt: welcher Caterpillar oder so was.
»Ich war dabei«, sagte Margarete. »Ich hab alles gesehen.«
»Und wen hast du noch gesehen?« fragte Dumbo aufgeregt.
»Schnauze, Mensch! Blödmann!« rief Severin, der merkte, daß sie einen Fehler gemacht hatten.
Nun grinste Margarete. Sie waren alle da gewesen damals, als ihr der Baum beinahe auf den Kopf gefallen wäre. Sie hatte sie in der Hand. »Wobei soll ich mitmachen? Los, sag schon!«
»Beim Haberfeldtreiben«, sagte Severin. »Am Mittwoch um vier. Los, Leute, weg hier!« Er wandte sich um, winkte seinen Kumpanen wie ein Feldherr und ging davon. Dann drehte er sich noch mal um und schoß mit seiner Zwille auf die Lilien neben Margarete. Er traf aber die Vase, die mit einem hellen Klirren zersprang. Dann rannten sie davon.
Margarete sammelte die Blumen auf und legte sie als Strauß ordentlich aufs Grab. Dann ging sie nach Hause.
Abends las sie im Handwörterbuch des Deutschen Aberglaubens, daß ein Haberfeldtreiben ein volkstümliches Rügegericht war, das sich gegen Vergehen richtete, die sich dem Einschreiten ordentlicher Gerichte entzogen. Da traf sich dann ein Haufen Leute heimlich bei Nacht, machten sich das Gesicht schwarz und hängten sich Bärte vom Fichtenbaumbart um. Und dann standen sie plötzlich auf einer Dorfwiese, schlugen einen Riesenkrach und lasen den Bösewichten des Dorfes laut und für alle versammelten Bewohner hörbar ihre Sünden vor. Sie behaupteten, sie kämen vom Kaiser Karl aus dem Untersberg und führen angeblich auch wieder heim zu ihm. Alles war geheim, und keiner durfte

etwas verraten, denn bald schon war das Treiben verboten worden, und die Polizei war hinter den Haberfeldtreibern und ihrem Meister her.

Wenn es das war, was die Häusler planten, wurde die Geheimniskrämerei verständlich.

»Na, du findest die alten Geschichten wohl inzwischen auch ganz spannend?« sagte Margaretes Vater, der plötzlich hinter ihr stand.

Margarete wollte das Stichwort schnell verblättern, aber ihr Vater hatte es schon gesehen. »Willst du einem ins Haberfeld treiben?«

»Nein, nein«, sagte Margarete. »Nein. Ich hab über die Habergeiß gelesen.«

»Ja, die Habergeiß. So haben wir als Schulbuben eine bissige Hausmeisterin genannt. Gibt's das Schimpfwort immer noch?«

»Ja«, log Margarete. »So nennt der Krolli die Mathelehrerin.«

Am Dienstag sorgte Margarete für ein Alibi. Sie mußte am Mittwoch zur Bernmüllerin. Aber natürlich durften ihre Eltern nichts davon wissen. Wer würde ihr helfen, ohne allzu viele Fragen zu stellen?

Krolli hatte ein Modellflugzeug. Er hatte Margarete einmal davon zu erzählen versucht, aber sie hatte sich nicht besonders dafür interessiert. Jetzt mußte es für die Ausrede herhalten. Er sollte bei Margarete zu Hause anrufen und sie einladen für morgen. »Ich brauch die Zeit«, sagte Margarete. »Und die lassen mich doch nicht weg sonst.«

Krolli stand vor ihr mit gesenktem Kopf. Er wollte Margarete natürlich helfen, aber krumme Sachen machte er nicht gern.

»Es muß sein!« sagte Margarete. »Und niemand sonst kann mir helfen! Krolli! Bitte!«
Krolli sah sie an. »Ist es was mit den Häuslern, oder?«
»Ich kann's dir nicht sagen. Wenn alles vorbei ist, sag ich's dir. Bestimmt!«
»Es ist gefährlich, oder?«
»Hast du Angst um mich?«
»Und wenn?«
»Wenn du Angst um mich hast, mußt du mir helfen!«
Am Nachmittag rief Krolli an. Margarete, die sich sonst auf jeden Anruf stürzte, hielt sich zurück und hoffte, daß nicht etwa ihr Bruder ranging.
Schließlich kam ihre Mutter aus der Küche gerannt: »Warum geht denn keiner ran?«
Margarete stand in der Tür und lauschte.
»Ach, Hans. Krolli, ja, ich weiß. Du willst…«
Nein, er sollte sie sprechen, so hatten sie es ausgemacht, sollte der Mutter persönlich die Flugzeugausrede glaubhaft machen.
»Morgen?« sagte die Mutter. »Nachmittag? Halb vier bis sieben? – Ja. Meinetwegen, wenn ihr so lange Lust habt, das Ding fliegen zu lassen. Aber auf keinen Fall später. Willst du Margarete noch sprechen? – Na gut, ihr seht euch ja in der Schule.« Sie legte auf.
Margarete kam auf den Flur und machte ein fragendes Gesicht. »War das für mich?«
»Warum gehst du denn nicht ran? Das war dein Fliegerfreund.«
»Ach ja, das hab ich ganz vergessen.«
»Seit wann interessierst du dich für Flieger?«
»Na ja«, sagte Margarete.

»Kann es sein, daß du dich mehr für den Piloten interessierst als für das Flugzeug?«
»Sehr witzig!« sagte Margarete.
Es war gutgegangen, ihre Mutter hatte keinen Verdacht geschöpft. Weil sie immer nur an das Eine denken! Kaum kommt man in die Pubertät, denken Eltern immer nur an das Eine, als gäb's keine anderen Probleme.
In der Nacht auf Mittwoch wachte Margarete einmal auf, weil sie einen Alptraum hatte. Sie lag in der Badewanne, als plötzlich eine Flutwelle durchs Haus schoß. Die Badewanne wurde hochgehoben und zum Fenster hinausgeschwemmt. Sie schoß in ihrem Badewannenschiff auf das riesige Mühlrad zu und stürzte über die hölzernen Schaufeln in ein dunkles Wasserloch. Bevor sie von den sich drehenden Schaufeln des Rades unter Wasser gedrückt wurde, sah sie noch, daß die Badewanne in Wirklichkeit eine Muschelschale war.
Als sie aus dem Traum hochschreckte, war es ganz hell in ihrem Zimmer. Sie stand auf und ging ans Fenster. Der Mond war fast voll.
Am Mittwoch nachmittag klingelte Krolli pünktlich um halb vier und holte Margarete ab. Er hatte seinen zerlegten Flieger hinten aufs Fahrrad geschnallt.
»Viel Spaß«, sagte die Mutter und gab ihnen einen Beutel mit Proviant mit. »Für ein kleines Picknick, wenn ihr vom vielen Fliegen Hunger bekommt.«
Margarete holte ihr Fahrrad, und sie fuhren los.
Bis zum Waldrand fuhren sie gemeinsam. Ein paar Leute begegneten ihnen. Sie grüßten besonders freundlich, denn das waren mögliche Zeugen. Am Waldrand aber trennten sie sich. Margarete versteckte ihr Rad im Gebüsch und schenkte Krolli den Proviantbeutel. Krolli fuhr noch ein Stück den

Forstweg in den Wald hinein. Er sollte sich irgendwo die Zeit vertreiben und Margarete um halb sieben wieder treffen. Dann wollten sie gemeinsam nach Hause fahren. Margarete hatte keine Ahnung, wie lang das Treffen bei der Bernmüllerin dauern würde. Aber notfalls mußte sie eben früher weggehen. Auf keinen Fall würde sie ihren Eltern noch einmal Anlaß zu einer peinlichen Befragung geben.

Sie war noch nicht zwanzig Schritte gegangen, da zeterte ein Eichelhäher. Und gleich darauf hörte sie einen Pfiff schräg hinter sich. Es war kein Vogel. Es war der Hahnenschwanzbartel, der wie aus dem Boden gewachsen plötzlich hinter ihr stand. »Hast du keine Angst, so allein im Wald?« fragte der Hahnenschwanzbartel.

»Nein«, sagte Margarete. Oder doch? dachte sie. Nein, nein! Sie hatte keine Angst. Auch nicht vor diesem fremden Mann. Natürlich kannte sie all die Warnungen und wußte auch, wann sie vorsichtig sein mußte. Aber merkwürdigerweise war sie sicher, daß von der Bernmüllerin und auch von diesem geheimnisvollen Waldmenschen keine Gefahr ausging. Nicht so eine jedenfalls, vor der man kleine Mädchen gewöhnlich warnt.

»Wolltest du mit deinem Freund Flieger fliegen lassen?«

»Nein«, sagte Margarete. »Er hilft mir nur, daß meine Eltern nichts merken.«

»Weiß er was?«

»Er ist nicht dumm«, sagte Margarete. »Aber ich habe nichts gesagt. Ich weiß ja selber nichts. Was ist das denn mit dem Haberfeldtreiben? Gegen den Speck, oder? Wann macht ihr das?«

»Wart's ab!« sagte der Hahnenschwanzbartel und lachte. »Komm!«

Sie gingen ein Stück schweigend nebeneinanderher, obwohl Margarete fast platzte vor Fragen. Dann bog der Hahnenschwanzbartel plötzlich vom Weg ab. Margarete blieb stehen, zögerte. Auch der Hahnenschwanzbartel blieb stehen und sah Margarete an. Er hatte immer ein undurchsichtiges Grinsen im Gesicht. Sein Grinsen sagte auch, daß er wußte, was in Margarete vorging. Warum geht er vom Weg ab? fragte sie sich. Sollte sie jetzt nicht doch vorsichtig sein? Was wußte sie denn von ihm?

»Zur Bernmüllerin geht's aber da lang«, sagte Margarete. »Ich geh da, wo ich den Weg kenne.«

»Hast du schon mal eine Perle gefunden?« fragte der Hahnenschwanzbartel.

»Nein.«

»Wir suchen eine Perle für dich. Komm!«

Was sollte sie tun? War der Hahnenschwanzbartel der böse schwarze Mann, der ihr nun eine Art Bonbon anbot?

Er sah, wie sie sich den Kopf zerbrach, und lächelte. »Wir wollen den Bach retten. Wir alle, die Bernmüllerin, die Häusler, alle. Genau wie du. Ich bin keiner, der mit Bonbons kleine Mädchen vom Spielplatz weglockt. Denkst du, ich bin so einer?«

Wie sollte sie das wissen? Margarete antwortete nicht. Sie wußte nicht, was sie denken sollte.

»Wir machen nur einen kleinen Umweg zum Bach«, sagte der Hahnenschwanzbartel. »Und dann gehen wir zur Bernmüllerin und organisieren das Haberfeldtreiben.«

»Kann man so schnell eine Perle finden?«

»Wenn man es kann, dann kann man es«, sagte der Hahnenschwanzbartel und ging weiter in den Wald hinein.

Margarete folgte ihm in einem Abstand, den sie für sicher

hielt. Sie konnte immer noch davonlaufen. Aber sie drückte heimlich ihren Talisman, den sie unter der Bluse am Hals trug.
Sie waren schnell am Bach, denn der Hahnenschwanzbartel kannte auch den kleinsten Durchschlupf in Gebüsch und Unterholz. Sie zogen Schuh und Strümpfe aus und stiegen ins Wasser.
»Typisches Forellenwasser«, sagte der Hahnenschwanzbartel. »Klar und kalt und viel ausgewaschene Ufer. Da wirbelt der Bach, und es kommt viel Sauerstoff ins Wasser. Forellen braucht die Flußperlmuschel.«
»Das weiß ich schon.«
»Weißt du auch, was das ist? Das da?« fragte der Hahnenschwanzbartel. Er hatte blitzschnell ins Wasser gegriffen und einen winzigen Krebs herausgeholt, der nun mit seinem Schwanz schlug und versuchte, sich von der Hand wieder ins Wasser zu schnellen.
»Darf ich mal?«
Der Hahnenschwanzbartel legte ihr das etwa ein Zentimeter große Tier in die Handfläche. »Das ist ein Bachflohkrebs. Ohne den könnten die Muscheln wahrscheinlich gar nicht leben.«
»Fressen Muscheln Krebse?«
»Nein. Sie fressen das, was der Krebs zuvor gefressen hat.«
»Igitt!« rief Margarete und warf den Krebs wieder ins Wasser.
»Die Geschmäcker sind verschieden. Aber viel Auswahl gibt's hier nicht. So ein klarer, kalter Bach, da wachsen kaum Moos und Algen, auch wegen der starken Strömung. Bloß Blätter fallen rein. Und die frißt der Krebs. Eine große Leistung für so einen kleinen Kerl, daß er das schwerverdauliche Zeug ver-

trägt. Und was er dann ausscheidet, das filtert sich die Muschel aus dem Wasser. Ist anscheinend immer noch nahrhaft genug für ein langes Leben. Hier, da stecken sie im Kies. Siehst du sie?«

Im knietiefen Wasser steckten mindestens fünfzig Muscheln zwischen den Steinen. Das spitze Ende stand mit den Schalenrändern gegen die Strömung.

»Sie stehen alle so, weil da, wo die Schalen zusammengewachsen sind, der Mund ist.« Der Hahnenschwanzbartel zog eine Muschel heraus und zeigte sie Margarete.

Die Muschel war braunschwarz und rauh. Nur um den Mund herum war sie glatt und schimmerte perlmuttfarben.

»Das kommt, weil der Bach wie ein Sandstrahlgebläse ständig kleine Sandkörner gegen die Schale wirft. Dadurch wird die Muschel abgeschliffen.«

»Und hat die nun eine Perle?«

»Vielleicht. Vielleicht auch nicht.« Der Hahnenschwanzbartel nahm sein Taschenmesser heraus, schob die Klinge vorsichtig zwischen die Schalen und drehte sie, bis er in die Muschel hineinschauen konnte. Es war keine Perle drin. Er setzte die Muschel wieder in den Kies, und es dauerte nicht lang, da streckte sie ihren Fuß heraus und grub sich wieder ein.

Sie öffneten zehn oder ein Dutzend Muscheln und fanden nichts.

»Jetzt mußt du aber mal eine Muschel herausholen, Margarete. Ich hab kein Glück.«

Margarete schob ihren Ärmel hoch und griff ins Wasser. Die Muscheln saßen ziemlich fest. Margarete tastete die Muschelbank ab und zog dann ein paar große Exemplare heraus. Aber auch sie hatte kein Glück. Die Muscheln waren alle leer.

»Sind sie krank, oder warum haben sie keine Perlen?«

»Nein. Krank sind sie nicht. Wenn sie krank wären, würden sie ihre Schalen aufsperren wie die hungrigen Vögelchen ihren Schnabel. Schau, wie sie sich eingraben. Solange es den Bachflohkrebs gibt, fehlt dem Bach nichts. Weißt du, daß die schon reagieren, wenn bloß ein tausendmillionstel Gramm von einem Pflanzengift in einem Liter Wasser auftaucht?«

Eine Mücke stach ihn am Hals, und er schlug danach. Dabei ließ er wie aus Versehen sein Messer fallen. Es glitt zum Grund und blieb neben einer großen Muschel liegen. Die Muschel steckte etwas abseits im Kies.

Margarete bückte sich, um das Messer herauszuholen.

»Eine versuchen wir noch«, sagte der Hahnenschwanzbartel.

»Die da, neben dem Messer?«

»Warum nicht?«

Margarete reichte dem Hahnenschwanzbartel das Messer und die Muschel, aber er gab ihr beides zurück. »Mach du auf! Schau, die hat ein Schnürl.«

Über die Schale lief tatsächlich eine fadenförmige Erhöhung: ein Perlzeichen.

Vorsichtig versuchte Margarete das Messer zwischen die Schalen zu schieben. Das war nicht einfach. Rutschte sie ab, hatte sie das Messer im Finger, stach sie zu tief, war die Muschel tot. Aber schließlich gelang es ihr, und sie konnte die Klinge langsam umdrehen. Die Zugmuskeln der Muschel waren ziemlich stark, aber am Ende schaffte es Margarete, die Schalen so weit aufzuspreizen, daß sie den Muschelkörper und die glänzenden Innenseiten der Schalen sehen konnte.

Und da lag eine Perle.

»Ich hab eine!« rief Margarete. »Ich hab eine!«

Der Hahnenschwanzbartel schmunzelte und schien gar nicht sehr überrascht. »Nimm sie raus und steck sie in den Mund.«

»In den Mund?«

»Ja, so machen es die Perlenfischer. Dann glänzt sie besonders schön.«

Margarete holte die Perle heraus und steckte sie in den Mund. Sie war kühl wie ein Kiesel und ein bißchen schleimig. Aber sie schmeckte nach nichts.

Margarete reichte dem Hahnenschwanzbartel das Messer und die Muschel, und der setzte das Tier wieder in den Bach.

»Jetzt zeig her!«

Margarete holte die Perle aus dem Mund und gab sie dem Hahnenschwanzbartel. Die Perle war groß und zweifarbig. Sie hatte eine helle und eine dunkle Seite. Die helle war licht wie der Mond, und die dunkle Seite war braun und schwarz und gelb wie ein Tigerauge.

»Schön«, sagte der Hahnenschwanzbartel. »Hab ich nicht oft gesehen, so eine schöne Perle. Ist sehr selten. Ich weiß nicht, ob es überhaupt schon mal so eine Perle gegeben hat.« Er gab sie Margarete zurück.

Sie drehte die Perle zwischen ihren Fingern und wollte nicht glauben, was sie sah: wirklich und wahrhaftig eine zweifarbige Perle. Sie holte ihr Talismansäckchen aus der Bluse hervor und steckte die Perle zu dem Gewölle und der Häherfeder in den Lederbeutel. Sie wußte sehr gut, daß es schon einmal so eine Perle gegeben hatte. Aber sie sagte nichts.

Eine andere Frage kam ihr plötzlich in den Sinn, als sie sich Schuh und Strümpfe anzogen: »Wem gehören eigentlich die Muscheln?«

»Ich glaub, dem Staat«, sagte der Hahnenschwanzbartel. »Sie stehen ja unter Naturschutz.«
»Aber es schützt sie doch gar keiner! Wer die Fabrik erlaubt, schützt doch keine Muscheln.«
»Die Fabrik steht auch unter Naturschutz oder soll man besser sagen, unter Staatsschutz?«
»Dann darf man die Perlen gar nicht behalten?«
»Müßte man eigentlich abgeben, ja. Oder dürfte man eigentlich gar nicht rausholen. Und soll man ja auch nicht. Weil die meisten machen die Muschel kaputt.«
»Was ist, wenn man einen erwischt?«
»Strafe. Früher Hand abhacken. Heute muß man zahlen, glaub ich.«
»Und wer paßt da auf?«
»Niemand«, sagte der Hahnenschwanzbartel. »Sind doch bloß ein paar langweilige, unansehnliche Viecher!«
Dann gingen sie weiter.
Bei der Bernmüllerin saßen fünf junge Männer in der Stube. Später kamen noch zwei hinzu. Von den Häuslern war nur Severin da. Er war der Jüngste.
Die Bernmüllerin begrüßte Margarete freundlich wie immer, wies ihr einen Platz am Tisch zu und gab ihr einen Becher mit Most. Vorgestellt wurde niemand. Und niemand sagte seinen Namen. Alle hatten einen Becher Most vor sich. Keiner sagte ein Wort.
Als niemand mehr erwartet wurde, stand die Bernmüllerin auf. »Ich begrüße euch alle im Namen Kaiser Karls vom Untersberg. Alles, was recht ist, soll Recht bleiben!«
»Alles, was recht ist!« murmelte die Versammlung. Alle hoben den Becher.
»Alle sind da«, sagte die Bernmüllerin, »lauter ehrenwerte

Leut. Jeder bürgt für jeden. Oder hat einer was vorzubringen?«
»Für die da bürg ich nicht!« sagte Severin und deutete auf Margarete.
»Wenn du was gegen sie weißt, dann sag es!« sagte die Bernmüllerin.
»Ich weiß, daß sie rumspioniert. Und steckt alles ihrem Krolli, das macht sie.«
»Ist das so?« fragte die Bernmüllerin.
Margarete hätte am liebsten eine lange Rede gehalten über Eifersucht und Gemeinheit, aber die merkwürdige Stille und der Ernst der Versammlung ließen sie schweigen. »Nein«, sagte sie. »Der kennt mich nicht! Weiß gar nichts von mir.«
»Beim Kaiser Karl«, sagte die Bernmüllerin. »Jeder Haberer weiß, daß es nur ein Gebot gibt: schweigen! Sie wird schweigen. Ich bürg für sie.«
»Ich auch«, sagte der Hahnenschwanzbartel.
»Sie ist ein Mädchen!« sagte Severin.
»Ich auch«, sagte die Bernmüllerin und lachte. »Ist dir das noch nicht aufgefallen, junger Mann?«
Die anderen lachten auch.
»Alles, was recht ist!« rief die Bernmüllerin.
»Soll Recht bleiben!« riefen die anderen und tranken den Becher leer.
Dann wurde festgelegt, daß der Hahnenschwanzbartel den Haberermeister machen sollte, daß sie sich am Freitag eine Stunde vor Mitternacht im Krähenloch treffen wollten. Von dort würden sie dem Speck auf den Pelz rücken. Die Bernmüllerin goß noch einmal Most nach und fragte dann, ob alle da sein würden. Man hob den Becher und sagte: »Wir werden da sein!« Und dann verabschiedeten sich alle.

Nur Margarete wurde von der Bernmüllerin zurückgehalten.
»Komm, setz dich noch ein bißchen zu mir. Hast noch Zeit?«
Sie setzten sich nebeneinander vors Haus und schauten eine Weile in den Bach. Schließlich hielt Margarete die Stille nicht mehr aus. »Können wir den Bach retten?«
Die Bernmüllerin schwieg.
»Wir wissen es nicht, oder? Warum mach ich das? Meine Freundinnen spielen Tennis, machen sonstwas. Sie sind auch nicht dumm. Sie wollen auch eine saubere Welt. Warum sehen sie den Bach nicht? Die Muscheln? Die Flohkrebse? Warum bin ausgerechnet ich in den Bach gefallen? Warum sitz ich hier? Warum? Warum? Bitte, sagen Sie es mir. Denken Sie, daß es möglich ist, daß ich was mit den Muschelkindern im Buch zu tun habe? Ich hab jetzt auch so eine Perle gefunden wie das Schneckerl aus der ersten Geschichte, die Sie mir vorgelesen haben. All diese Kinder kommen aus dem Bach.«
Margarete hatte immer schneller geredet. Jetzt stockte sie; denn jetzt kam die entscheidende Frage. Dann holte sie tief Luft und sagte:
»Komm ich auch aus dem Bach?«
Die Bernmüllerin hatte die Augen geschlossen und schien zu dösen.
»Bitte, sagen Sie es mir! Ich muß das doch wissen!«
Die Bernmüllerin machte die Augen auf, sie waren wässerig und müde. Sie lächelte Margarete an. Dann nahm sie das Gesicht des Mädchens zwischen ihre schwieligen Hände und sagte: »Wir kommen alle aus dem Wasser. Jedes war mal ein Fröschlein im feuchten Nest. Manche spüren das noch. Das ist gut.«

Das war nicht die Antwort, die Margarete hören wollte. »Ich muß aber...« fing sie wieder an. Aber die Bernmüllerin schüttelte den Kopf, ließ ihre Hände sinken und schloß die Augen. Margarete wußte nicht, ob das Kopfschütteln nun bedeuten sollte: nein, du bist kein Perlkind, oder nur: fragen verboten. Aber sie sah, daß sie keine Antwort bekommen würde. Jetzt nicht, jetzt noch nicht. Sie wollte aber auch noch nicht gehen. Sie hatte ja Zeit. Vielleicht, wenn sie noch ein bißchen dablieb, vielleicht ergab sich noch einmal eine Gelegenheit zu fragen.

»Gibt es noch Geschichten in dem Buch?«

Die Bernmüllerin schnaufte und machte die Augen auf. »Du willst wirklich alles wissen?«

»Ja.«

»Wart! Ich hol das Buch.« Die Bernmüllerin ging ins Haus und kam wenig später wieder heraus. Sie setzte sich mit einem Seufzer neben Margarete und holte ein Portemonnaie aus ihrer Schürzentasche. »Schau, Margarete! Hast du schon mal so was gesehen?«

Das Portemonnaie war aus einer Muschelschale gefertigt. Die beiden Schalenteile waren glänzend poliert und schillerten in allen Regenbogenfarben. Sie waren mit einem versilberten Metallrand eingefaßt und an einer Seite mit einem Scharnier verbunden. Auf der andern Seite war ein Knipsverschluß.

»Ein Geldbeutel«, sagte die Bernmüllerin und öffnete den Verschluß. Aus einem dunkelblauen Stoff, der an den Kanten stark abgestoßen war, waren drei Fächer in die Muschel eingeklebt. »Das ist von meiner Großmutter. Hat ein Muschler gemacht hier im Wald bei uns. In den 80er Jahren des vorigen Jahrhunderts.«

»Das ist wunderschön«, sagte Margarete. »Wie das Perlmutt noch glänzt nach so langer Zeit.«
»Ich hab's gelegentlich poliert mit Zinnasche, sonst wär's schon stumpf geworden in hundert Jahren.«
»Ich wußte gar nicht, daß es Muscheln gibt, die innen und außen Perlmutt haben.«
»Haben sie ja auch nicht. Da ist die äußere, rauhe Schicht abgeschliffen. Dann kommt das Perlmutt raus. Das haben die Muschler gemacht, die Muschelschleifer. Damals hätten sie beinahe die Muscheln ausgerottet, zusammen mit den Knopfmachern.«
»Perlmuttknöpfe, ja«, sagte Margarete, »daran hab ich ja noch gar nicht gedacht. Sind die aus Muschelschalen?«
»Ja. Paß auf. Die Geschichte hat meine Großmutter ins Buch geschrieben. Ich kann sie fast auswendig.«

MITTEILUNG ÜBER EIN BERNIKEL-KIND SOWIE DEN SOGENANNTEN RATTEN-FÄNGER VON GERHARTINGEN (UM 1850)

Wir wollen es gleich von vornherein sagen: Wir glauben nicht an Geister. Wir glauben auch nicht, daß jemand, der in den Bach fällt und ertrinkt, hundert Jahre später wieder auftaucht. Wir haben wohl gehört von sogenannten Wasserkindern: unglückliche Kinder, mißhandelt und ausgenutzt von geldgierigen Menschen. Die sollen in ihrer Verzweiflung ins Wasser gehen, sagt man, und zu Wasserkindern werden, welche leben mit den Fischen und Muscheln in einem feuchten Paradies. Aber das ist Märchen. Wir glauben an die Auferstehung am Jüngsten Tag, Gott sei uns gnädig dann! Aber nicht an Wiedergänger.

Und trotzdem geschehen merkwürdige Dinge, die ganz und vollkommen zu verstehen unser armer Kopf zu klein und unser Verstand zu gering sind. Und weil nun dieses Buch mit seinen merkwürdigen Mitteilungen auf uns gekommen ist, so wollen wir unseren Teil beitragen und etwas aufschreiben von dem Verwunderlichen, was sich hier zugetragen hat bei uns.

Es ist ein Mann aufgegriffen worden in unserer Gegend, zehn Jahre dürfte das jetzt her sein. War schon des öfteren gesehen worden in der Nähe eines Gehöftes oder einer Scheune. Später wurde behauptet, er hätte das Vieh auf der Weide gemolken und die Milch gesoffen. Aber das ist nicht bezeugt.

Könnte freilich sein, daß er Milch für das Kindlein besorgt hat. Er hatte nämlich ein Kind bei sich. Das wußte keiner. Man fand es erst, als man den Handkarren des Fremden durchsuchte.
Niemand hätte ein Kind vermutet. Der Mann sah nicht aus wie ein liebender Vater. Er trug einen wilden Bart, hatte eine große, rote Narbe quer übers Gesicht und schwarze Augen. Die Narbe sah aus, als hätte ihm ein Bär eine Maulschelle verpaßt. Gekleidet war er in ein verschlissenes Hirschledergewand und feste Stiefel. Er war nicht besonders sauber, sagen die vorsichtigen Leute. Er stank wie ein Bär, sagen die andern.
Er hatte aber eine angenehme Stimme und sang die schönsten Lieder in der Zelle, wo man ihn wegen Landstreicherei eine Woche lang einsperrte, obwohl er behauptete, er sei bloß ein fahrender Händler. Das glaubte ihm aber keiner, weil auf seinem Karren nur Graffel war oder Glump, wie wir hier sagen.
Bis auf die Muschel.
Noch nie hatte jemand so eine große Muschel gesehen, gut eine Elle im Durchmesser. Nur der Schullehrer hatte ein Bild in einem Buch, da stand eine nackte Frau in so einer Muschel, das war die Venus oder Liebesgöttin. Die Muschel auf dem Graffelkarren war zwei Finger dick. In der Muschel lag, zusammengerollt wie ein Kätzchen, ein noch nicht einjähriges Kind. Das Kind wurde dem Mann gleich weggenommen, obwohl es auf den ersten Blick keinen Mangel zeigte und der Kerl ein furchtbares Geschrei erhob.
Auf dem Amt erzählte er die folgende Geschichte:
Er sei, wie gesagt, ein fahrender Händler und nenne sich Bartholomäus Völz. Muß viel laufen, ein Händler, erklärte er, und weil einem vom Laufen oft die Füße weh täten, habe er eines Tages Kühlung gesucht am Bernbach, oberhalb vom Krähenloch. Und wie er so sitze auf seinem Stein, da kommt was den Bach heruntergeschwommen. Und er denkt sich noch: Sakra, hoffentlich ist es was Gutes! Da sieht er die

Muschel auf den Wellen tanzen wie eine Gondel in Venedig. Und drin das Kindlein, gesund und lustig. Er sei sofort in den Bach gesprungen und habe das Kind mitsamt seiner merkwürdigen Wiege herausgefischt. Und weil es ein so liebes Kind gewesen sei, habe er es behalten und Genoveva genannt, weil das ein Name sei für Findelkinder, da wo er herkomme. Jetzt sei ihm das Veverl schon so ans Herz gewachsen, daß er es für eine Tochter nehme und nimmermehr hergeben wolle. Auf dem Amt glaubte man ihm aber nicht, sagte ihm auf den Kopf zu, daß er ein Lügner und Herumtreiber sei und das Kind wahrscheinlich gestohlen habe, um es zum Betteln und zur Dieberei anzuhalten und auszubilden.
Da schwieg der Völz eine Weile und schloß die Augen. Und als ihn der Amtmann aufforderte zu gestehen, da schüttelte der wilde Kerl nur den Kopf. Und dann sagte er: »Meine Herren«, denn es waren noch der Bürgermeister anwesend und der Dorfgendarm, »meine Herren, dieses Kind ist was Besonderes. Haben Sie nicht gesehen, daß es eine Haut hat wie Perlmutt? Und Zähnchen hat es schon, wie Perlen schön! Und zweierlei Augen. Das Kind hat nicht Vater noch Mutter, wie man sie hierherum finden könnte. Haben Sie das nicht gesehen, meine Herren?«
Die Herren hatten zu tun mit ihren bedeutenden Geschäften und das Kind überhaupt nicht gesehen, nur der Dorfgendarm, und der hatte nicht hingeschaut. Einen Augenblick sahen sie sich nun betreten an, dann gewann aber das gesunde Gerhartinger Mißtrauen gegen alles Fremde wieder die Oberhand, und der Bürgermeister sagte: »So so! Was Besonderes? Wo denkt Er denn dann, daß dieses Kind herstamme?«
»Es gibt eigentlich nur eine Möglichkeit«, sagte der Völz. »Das Kind muß in dieser Muschel herangewachsen sein. Es ist ein Bernikelkind.«
Den Männern blieb einen Moment der Mund offenstehen ob der

frechen Erklärung des Völz. Dann sagte der Dorfgendarm: »Ein was?« Und der Amtmann sagte: »Will Er uns auf den Arm nehmen?«
»Nein«, sagte der Völz ganz ruhig. »Das ist die einzige Möglichkeit. So eine große Muschel! Haben Sie vielleicht schon einmal so eine Muschel gesehen? Es ist, wie es ist. Oder haben Sie noch nie was von der Bernikelgans gehört?«
Ihre Unwissenheit wollten sie nicht gern zugeben vor so einem stinkenden Strolch. Und außerdem: der Bürgermeister wußte etwas. Er war ein kluger Mann, deshalb war er ja der Bürgermeister. Eine alte Legende sagt, daß die Bernikel- oder Baumgans aus Muscheln schlüpft wie aus einem Ei. Die Muscheln kleben vorher an Pfählen oder Bäumen. Doch, so etwas hatte er schon mal gehört. Freilich sei das blanker Unsinn und Aberglauben.
Aber man wolle jedem Gerechtigkeit widerfahren lassen in Gerhartingen, und so schickte er nach dem Schullehrer, daß er die Muschel und ihre angebliche Geschichte prüfe als ein Studierter. Der Lehrer war eine brave, christliche Seele und lehnte allen Aberglauben und heidnischen Firlefanz ab. Er hatte auch nur dieses Bild in seinem Buch. Es war von einem Italiener gemalt vor 400 Jahren, und die Herren prüften es lang und ausführlich. Daß die Dame darauf nichts anhatte und nur ein paar rötliche Locken, um ihre Scham zu bedecken, sprach nicht gerade für den Delinquenten Völz, fanden die Herren.
So machte man denn kurzen Prozeß und steckte den Völz ins Loch. Das Kind kam auf Gemeindekosten in Pflege, und die Muschel sperrte der Schullehrer in der Sakristei in den Schrank mit den Meßgerätschaften. Der Schullehrer war zugleich Mesner und Organist und dachte, es wäre gut, wenn das Teufelszeug in geweihter Umgebung unschädlich gemacht würde. So war die Ruhe erst mal wiederhergestellt und vollends dann, als der wüste Völz nach einer Woche entlassen wurde und verschwand, weil man ihn nicht länger auf Gemeindekosten durchfüttern wollte.

Er hatte wohl noch mal nach seinem Bernikelkind gefragt, aber man hat es ihm nicht gegeben. »Behandelt es mir gut«, hatte er gesagt. »Ist ein Geschenk, so ein Kind. Sonst will ich über Euch kommen, daß Ihr Euch wundern werdet!« Dann war er verschwunden.
Um diese Zeit entstand ein neues Handwerk bei uns: die Muschlerei. Der Drechsler Zacharias Mauser hatte es vom Vogtland mitgebracht. Dort hatte ein gewisser Moritz Schmerler, der Jüngere, ein wirklicher und vom Amt bestellter Perlsucher, angefangen, aus alten, für die Perlfischerei unbrauchbaren Muscheln einfache Geldtäschchen herzustellen. Auch wohl Ohrgehänge oder Broschen und dergleichen. Die feinen Dinge wurden dann während der Kurzeit den Badegästen in Bad Elster verkauft.
Unser Zacherl Mauser rechnete sich ein gutes Geschäft aus. Das Werkzeug hatte er als Drechsler, auch die Drehbank und die Schleifsteine.
Und so fing er an. Sein Schwager, ein Buchbinder, machte ihm die Leder- und Stoffarbeiten und ein Gürtler die Beschläge. Bald waren Mausers Galanteriewaren überall bekannt. Andere folgten seinem Beispiel. Fünf Betriebe arbeiteten ein paar Jahre später in der Gegend von Gerhartingen und belieferten ganz Europa bis nach Paris mit Etuis, Gürtelschnallen, Bonbonnieren und vielem mehr. Die Muscheln kamen aus den Bächen der Gegend. Auch aus dem Bernbach.
So eine Industrie braucht Arbeitskräfte: Schleifer, Beschläger, Vergolder. Die schwierigen Arbeiten machten die Fachkräfte. Aber schleifen und sägen konnte man in jeder Stube. Man brauchte nur eine Drehbank, einen Fuß zum Anstoßen des Schwungrades und ein Paar Hände zum Halten der Muschel. Die Muschlerei wurde so für viele kleine Häuslerfamilien zum lebensnotwendigen Zubrot. Und oft waren es Frauen und Kinder, die die schwere Arbeit taten.
Auch das Kind aus der Muschel sollte diese Arbeit machen, aber es weigerte sich, schrie und tobte und war auch durch Schläge nicht dazu

zu bewegen. »Du bist jetzt zehn. Willst du nicht arbeiten für dein Essen?« sagte der Pflegevater. Aber das Kind rührte keine Muschel an und rannte immer wieder in den Wald davon, als suche es etwas.
Es war sonst ein sanftes Mädchen. Aber auch als die Mutter es vor ein paar Jahren zum Muschelnausheben am Bach mitgenommen hatte, da hatte es nur geschrien, man dürfe die Muscheln nicht herausholen, und war zu keiner vernünftigen Arbeit bereit gewesen.
So ging der Pflegevater schließlich hin aufs Amt und gab das Kind zurück. »Wir haben's gepflegt und genährt zehn Jahr lang. Jetzt ist es genug.«
Da blieb dem Amtsmenschen nichts anderes übrig, als das Veverl auf den Markt zu bringen und öffentlich feilzubieten. Er schwang eine Glocke und rief: »Gute Leut! Meldet's Euch! Nehmt ein Waisenkind um Gottes Willen und Gottes Lohn!«
Aber die Leute hörten gar nicht hin und gingen vorbei. Da schwang der Amtmann noch einmal die Glocke und rief, daß die Gemeinde zwei Gulden zahlen wolle und ein rupfenes Hemd sowie ein Paar Holzschuh. Da trat ein nobler Herr heran. Das war der Mauser, der inzwischen ein reicher Mann geworden war; denn er produzierte nun Perlmuttknöpfe in großem Stil.
»Ich tät's nehmen«, sagte er. »Ist es arbeitsam?«
»Bestimmt«, versicherte der Amtmann, obwohl er es besser wußte.
Da ließ sich der Mauser die zwei Gulden auszahlen und nahm das Veverl mit zu seiner Perlmuttfabrik. Am Tor packte er das Mädchen an den Schultern, schüttelte es und sah ihm mit einem Blick in die Augen, daß es das Veverl bis in die Seele hinein fror. »Ich weiß, daß der Amtsmensch gelogen hat«, sagte der Mauser ganz leise. »Ich kenn dich. Jetzt gehörst du mir. Und bei mir arbeitet ein jedes! Frag die andern!«
Er brachte das Veverl in eine zugige Hütte hinter dem Abfallhaufen. Die Reste der Muschelschalen türmten sich hier mannshoch. Es roch

vermodert und nach fauligem Fisch. Als das Veverl die vielen Muschelschalen sah, weinte es still in sich hinein. In der Hütte standen zwölf Pritschen, immer drei übereinander. Es war nur ein Kind da. Das war blaß und hustete und fing gleich an zu zittern, als es den Herrn sah. Am Abend kamen noch acht weitere Kinder aus der Fabrik. Zehn waren sie jetzt, zwischen sieben und elf Jahre alt, alle gekauft vom Mauser auf den Kindermärkten. Eine alte Magd weckte sie um halb fünf und stellte ihnen einen Becher dünne Milch hin. Dazu gab es einen Kanten altes Brot. Reden durften die Kinder nicht.

Als das Veverl seine Ration bekam, merkte es, daß das Kind mit dem schlimmen Husten von der Magd vergessen worden war. Das Kind sagte aber nichts und trank mit gesenktem Blick seine Milch.

»Bitte«, sagte das Veverl, »Frau Tante«, denn so mußten sie die Magd nennen, »das Kind hat kein Brot bekommen.«

»Schweig! Oder willst du auch nichts essen wie das Lieserl?« rief die Magd.

Da brach das Veverl seinen Brotkanten in zwei Teile und gab dem anderen Kind die Hälfte.

Doch noch ehe das Lieserl zugreifen konnte, stand die Magd hinter ihm und nahm das Stück Brot an sich. »Wenn du mit der halben Menge auskommst, um so besser. Dann kriegst du die ganze Woche nicht mehr.«

Um fünf wurden die Kinder zur Arbeit in den Schleifraum gebracht. In schmutzigen Körben lagen die Muscheln, an jedem Schleifstein ein voller Korb. Die frischen Muschelschalen waren das einzige, was nicht mit Staub bedeckt war. Jedes Kind setzte sich an einen Schleifstein, brachte ihn mit einem Trittbrett in Schwung und fing an, die dunkle Außenhaut von den Schalen zu schleifen, bis nur das reine Perlmutt übrigblieb.

Die neuen Kinder mußten ein paar Tage an schlechten, zerbrochenen Schalen üben. Dann durften ihnen keine Fehler mehr passieren, sonst

wurden sie bestraft. Das machte der baumlange Vorarbeiter mit einem Haselnußstock, den er jede Woche neu vom Baum schnitt.
Die Schleifsteine kreischten viermal drei Stunden, dazwischen gab es kleine Pausen. Sonntags wurde bis zum Zwölfuhrläuten gearbeitet.
Der Raum war bald in eine Wolke aus Muschelstaub gehüllt, und die Kinder mußten sich feuchte Tücher vor Mund und Nase binden, damit sie atmen konnten. Sie husteten und litten unter tränenden Augen. Alle paar Wochen verschwand ein Kind aus der Schleifhütte, und ein neues nahm seinen Platz ein.
Das Muschelkind arbeitete drei Tage, ohne ein Wort zu sagen. Am vierten Tag warf es beim Frühstück seine Milch um und rannte davon. Es kam nicht weit. Der Vorarbeiter hatte einen Schäferhund, der das Kind bald eingeholt und gestellt hatte. Das war am Waldrand.
»Bartholomäus!« schrie das Kind, ehe man es packte und zurückbrachte.
Es wurde den Rest des Tages in ein dunkles Verlies gesperrt und mußte am nächsten Tag wieder arbeiten.
Ein paar Tage später hörte man in der Nacht vom Bach her ein merkwürdiges Horn klingen. Nur kurz, und niemand achtete darauf. Nur das Muschelkind richtete sich in seiner Schlafstatt auf und lauschte.
Von da ab arbeitete das Veverl fleißig und zuverlässig. »Na siehst du«, sagte der Vorarbeiter. »Morgen darfst du an die Säge.«
Die Sägen standen in einem anderen Raum. Auch sie wurden mit dem Fuß betrieben. Mit einem hohlen Bohrrohr wurden die Knopfscheiben aus der Muschelschale herausgesägt. Hier staubte es nicht ganz soviel wie im Schleifraum.
Die Knopfscheiben wurden dann gelocht und noch einmal von Hand an den Kanten beschliffen. Aber das konnten die Kinder nicht. Und dann kamen die Knöpfe zusammen mit Zinnasche und Vitriolöl in eine rotierende Holztrommel zur Endpolitur. Aufgenäht auf Karton, gingen die Knöpfe in alle Welt. Das waren die einfachen Perlmuttknöpfe. Es gab

auch noch wertvolle Schmuckknöpfe aus Silber oder Holz, in das Perlmuttintarsien eingelegt wurden. Das machte der Mauser auch, aber damit hatten die Kinder nichts zu tun.

»Du hast es gut«, sagte das Lieserl am Abend zu Genoveva. »Am Ende kommst du noch zum Aufnähen. Das ist die schönste Arbeit.«

»Nein«, sagte das Veverl, »da werden sie schon erst dich nehmen. Du bist doch schon viel länger da.«

Das Lieserl hustete und rollte sich auf seiner Pritsche zusammen. Es wußte, daß das nicht geschehen würde, denn es war ungeschickt, und das viele Husten ließ es nicht schnell genug arbeiten.

»Wer weiß«, sagte das Veverl, »vielleicht brauchen wir bald gar nicht mehr arbeiten.«

»Wie möchtest du leben«, fragte das Lieserl, »wenn du dir alles wünschen darfst?«

»Wie eine Muschel«, sagte das Veverl. »Im frischen Wasser, wo's dir allen Staub abwäscht, und ganz ruhig im Bach liegen, und der Bach bringt dir alles, was du haben willst. Brauchst nur das Maul aufsperren wie im Schlaraffenland.«

In der Nacht hatte das Lieserl einen schlimmen Hustenanfall, und sie brachten es weg. Genoveva lag noch lange wach und lauschte, ob sie nicht das Horn hören könnte.

Und dann hörte sie es.

Laut und deutlich.

Ob alle es hätten hören können, darüber gehen die Meinungen auseinander. Auch ist nicht klar, ob es in der Nacht geschah oder am hellichten Tag. Die einen sagen, alle Erwachsenen seien gelähmt gewesen, ungefähr so, wie in dem Märchen Dornröschen plötzlich alle einschliefen. Wir denken aber, vielleicht haben sie gar nicht gemerkt, daß man ihnen die Kinder entführte, weil sie zu sehr beschäftigt waren mit ihren Geschäften.

Auf jeden Fall kam das Horn immer näher und näher und spielte

endlich vor der Knopffabrik. Und wer Ohren hatte zu hören, der hörte es.
Die Kinder kamen aus der Fabrik, wie sie waren, und gingen zum Tor. Keiner hielt sie auf. Sie sahen den fremden Mann mit einer großen Schneckenmuschel an den Lippen. Er blies an der abgesägten Spitze hinein, und vorne kam der Ton heraus.
»Bartholomäus«, sagte Genoveva.
Bartholomäus drehte sich um und ging langsam aus dem Dorf. Er hörte nicht auf zu spielen. Und die Kinder folgten ihm in den Wald, nicht nur die vom Mauser, sondern auch aus den anderen Muschlereien.
Als man schließlich merkte, was passiert war, machten sich die Gerhartinger auf, ihr Eigentum zurückzuholen. Aber am Bach verloren die Hunde die Spur der Kinder erst mal. Offenbar waren sie ins Wasser gegangen.
Der Suchtrupp teilte sich auf und ging in verschiedene Richtungen. Ein Teil der Männer fand dann die Kinder im Krähenloch.
Es war schon dunkel, und sie hörten das Gewisper von Kinderstimmen. Auch Lachen hörten sie. Und dazwischen die Stimme eines Mannes, der erzählte und Lieder sang. Sie hielten einen Augenblick still und berieten sich. Aber den einen Mann, Bartholomäus Völz, meinten sie schnell und leicht überwältigen zu können.
Doch als sie mit den Hunden auf das Krähenloch vordrangen, flogen plötzlich brennende Reisigbuschen auf die Hunde, daß diese mit versengtem Fell davonliefen. Gleichzeitig knallte ein Schuß. Da traten die Männer den Rückzug an und beschlossen eine Belagerung.
Später, als das Wispern und Lachen und Singen im Krähenloch aufgehört hatte, versuchten die Gerhartinger noch einmal einen Überfall, aber wieder wurde geschossen, und der baumlange Vorarbeiter vom Mauser bekam eine Ladung Schrot in den Oberschenkel.
Da ließen sie endgültig ab und wollten den Tag abwarten und auch

gehörige Verstärkung holen aus dem Dorf durch Gendarm und womöglich den Förster. Und ging nicht auch der Mauser zur Jagd und hatte somit einen Stutzen? Dann würde man das Wespennest schon ausräuchern!

Bei Tagesanbruch stürmten sie dann das Krähenloch. Es gab keine Gegenwehr. Die Kinder und ihr Rattenfänger waren weg.

Die Höhle hatte keinen zweiten Ausgang, und muß wohl so gewesen sein wie bei der Auferstehung unseres Herrn, daß ein Engel die Wächter mit Blindheit geschlagen hat. Oder die braven Gerhartinger waren alle eingeschlafen, wie man in den Nachbargemeinden spottete: Den Seinen gibt's der Herr im Schlaf, den Gerhartingern aber nimmt er es.

Mitten in der Höhle lag das Muschelhorn und dabei ein Zettel mit einer Aufschrift von Kinderhand: »Das Geschenk wurde zurückgenommen.«

Das Muschelhorn haben die Gerhartinger in ihrer Wut zerschlagen. Die Perlmuttindustrie aber blüht noch immer, auch wenn es inzwischen fast keine Muscheln mehr gibt im Bernbach oder sonstwo hier herum. Verarbeiten jetzt Perlmutt aus dem Stillen Ozean und aus Hinterindien. Und haben neue Maschinen, da braucht man kaum noch Kinder.

6. »DER EICHELHÄHER SCHREIT LAUT UND GUT.«

Pünktlich um halb sieben traf Margarete Krolli am Waldrand.

»Ich hab Severin gesehen«, sagte er.

»Hat er was gesagt?«

»Mich hat er nicht gesehen. Er ist zu blöd!«

»Gut«, sagte Margarete.

»Wie war dein Flugzeugabenteuer?« fragte die Mutter beim Abendessen.

»Schön. Einmal ist er im Baum hängengeblieben. Da mußte ich ganz weit raufklettern, weil sich der Krolli nicht traut.«

»Hast du deshalb so viele blaue Flecken am Arm?« fragte der Vater.

»Ja, wahrscheinlich. Hab ich gar nicht gemerkt.«

»Ich möcht auch so einen Modellflieger, Papa«, sagte Margaretes Bruder.

»Kannst ja das nächste Mal mitkommen«, sagte Margarete.

»Wie bitte?« fragte die Mutter. »Es geschehen wohl noch Zeichen und Wunder!«
»Krieg ich noch mal die Kartoffeln?« sagte Margarete. Sie war ganz ruhig. Nichts hatten sie gemerkt.
Als sie im Bett lag, dachte sie eine Weile darüber nach, wie sie am Freitag nachts aus dem Haus kommen sollte. Aber sie war nicht nervös. Was sein muß, das geht auch, dachte sie und wunderte sich selbst über soviel abgeklärte Weisheit. Am Donnerstag spielte sie Tennis und half ihrem Bruder bei den Hausaufgaben: liebe Schwester Gretl – tadellose Tochter!
Bevor sie ins Bett ging, stand sie lange vor dem Spiegel im Bad. Sie hatte sich nie für besonders attraktiv gehalten. Aber das Gesicht, das sie aus dem Spiegel heraus ansah, strahlte so eine selbstsichere Ruhe aus, daß Margarete plötzlich »Schön!« sagte. Dann lächelte sie sich selbst an und sagte: »Wir sollten uns mal kennenlernen, wir zwei!« Margarete war sicher, daß das Spiegelbild zwei verschiedenfarbige Augen hatte. Sie wusch sich mit kaltem Wasser, bis ihr die Backen glühten. Dann ging sie ins Bett.
Ihr Vater kam zum Gutenachtsagen.
»Kraulst du mich noch?« bat sie. Sie legte sich auf den Bauch, und ihr Vater kraulte ihr den Rücken. Sie sank ganz tief ins Kissen, wurde ganz schwer und war doch wie eine Feder so leicht. »Nicht aufhören, Papa«, sagte sie. »Papa«, das hatte sie schon lange nicht mehr gesagt. Sie vermied die direkte Anrede am liebsten. »Papa« schien ihr nicht mehr angemessen, »Vater« war ihr aber zu förmlich. »Schön ist das, Papa!«
»Ich hab die ganze Zeit über die Muscheln nachgedacht«, sagte er. »Das ist ein so schwieriges Problem. Natürlich sollen sie leben, damit die Welt reich bleibt. Aber lebt nicht auch eins vom andern? Damit wir leben können, muß was anderes

sterben: ein Schwein, ein Kohlkopf, ein Fisch. Damit jemand Arbeit hat und Brot, müssen vielleicht Muscheln sterben. Andererseits, mußten wir nicht erst so reich werden, um allmählich zu erkennen, daß die Welt immer ärmer wird? Wenn du Kinder hast, als Vater und als Lehrer, dann fragen die dich, und du hättest so gern eine einfache, klare Antwort: Was ist richtig und was ist falsch. Wozu hat man denn einen Lehrer und einen Vater, nicht wahr?«

»Zum Kraulen«, sagte Margarete. »Kraulen ist hundertprozent richtig. Ich schlaf schon fast.« Und dann schlief sie wirklich ein mit den warmen, weichen Händen ihres Vaters auf dem Rücken.

Mitten in der Nacht klopfte es ans Fenster.

Margarete war gleich hellwach und sah Severins Kopf vor dem Fenster. Margarete schlief im ersten Stock, aber sie wunderte sich nicht. Was sein muß, geht auch. Sie sprang aus dem Bett und machte das Fenster auf.

»Komm, Gretl!« flüsterte Severin. Er stand auf einer Leiter. Unten standen die Zwillinge und hielten die Leiter fest.

»Es ist doch erst Donnerstag«, sagte Margarete.

»Heut muß es sein!« sagte Severin und kletterte die Leiter hinunter.

Margarete zog sich an und stieg aus dem Fenster. Sie fragte nicht weiter.

Die Zwillinge versteckten die Leiter an der Friedhofsmauer, dann gingen sie alle schnell in Richtung Wald. Es war hell vom Mond, und jeder hätte sie sehen können. Aber Gerhartingen schlief fest. Es war halb zwei. Severin ging voraus, dann kam Margarete und hinter ihr die Zwillinge. Es sah aus, als würde eine Gefangene abgeführt.

Kurz nachdem sie den Wald betreten hatten, blinkte links vor

ihnen ein Licht auf: dreimal – dreimal – dreimal und noch einmal lang.
»Komm!« sagte Severin und verließ den Forstweg.
»Gehen wir nicht zum Krähenloch?« fragte Margarete.
»Heut nicht.«
Wenig später kamen sie auf eine kleine Lichtung. Um eine Futterkrippe für das Wild waren die Haberer versammelt. Alle hatten dunkle Sachen an. Ihre Gesichter waren rußverschmiert. Manche hatten sich Bärte umgebunden. Margarete erkannte den dürren Häusler und Dumbo. Nur die Bernmüllerin war nicht maskiert.
»Da sind wir, Meister«, sagte Severin.
»Die Losung?« sagte der Hahnenschwanzbartel, den Severin als Meister angesprochen hatte.
»Augs-«, sagte Severin.
»-burg«, sagte der Hahnenschwanzbartel. »Wer seid ihr?«
»Killio«, sagte Severin, »und Bazi Bachratz und Lorei Schafkopf.« Die Zwillinge kicherten.
»Sind bekannt. Und der vierte?«
»Das ist die andere«, sagte Severin.
Der Haberermeister trat einen Schritt auf Margarete zu. »Die andere? So? Ich hoffe, du bist nicht der ganz andere. Schleicht sich gern ein, wenn brave Männer ihre Arbeit tun. Der ganz andere verkleidet als Jungfer Unschuldig. Dein Name! Oder heißt du gar Hinkefuß Bockshorn?«
Was sollte Margarete sagen? Offenbar wollten sie nicht ihren richtigen Namen hören. Sie hatten Geheimnamen, das hatte sie begriffen. Aber konnte sie sich einfach selbst einen ausdenken? Oder hatte sie schon einen bekommen und wußte ihn nur nicht? Sie sah die Bernmüllerin an und sagte fragend: »Gritl?«

»Nein«, die Bernmüllerin schüttelte den Kopf. »Zu ähnlich. Wie wär's mit ›Eichelhäher‹?«
»Eichelhäher«, sagte Margarete laut.
»Eichelhäher ist bekannt«, sagte der Haberermeister. »Richtet Euch! Und dann auf! Marschiert!«
Unter völligem Schweigen maskierten sich jetzt auch Severin und die Zwillinge, während die Bernmüllerin Margarete half, ihr Gesicht schwarz zu machen. Auch einen Bart aus Werg hängte sie ihr um.
»Warum heute schon?«
»Wenn sich rechtschaffene Leut treffen«, sagte die Bernmüllerin, »dann hockt sich gern der Teufel dazu, spioniert alles aus und verdirbt die gute Tat. Und so muß man ihn ein bissel foppen, den Herrn Bockshorn. Wenn er alles fein ausgeforscht hat neulich bei mir in der Mühle, dann sitzt er morgen nacht im Krähenloch. Und da kann er warten, bis ihn der Teufel holt. Verstehst?«
»Aufgestellt! Haberer!« sagte der Haberermeister.
Es wurde plötzlich ganz finster. »Gut, daß die Wolken den Mond ins Bett bringen«, sagte die Bernmüllerin und gab Margarete noch einen Rupfenumhang.
»Haberer, hebt die rechte Hand!« sagte der Haberermeister, und dann sprach er den feierlichen Eid: »Ich schwöre, unverbrüchliches Schweigen zu wahren über das heutige Treiben. Nicht List noch Gewalt sollen mich bewegen, diesen Schwur zu brechen, bei Gott und dem Kaiser Karl im Untersberg.«
Sie schworen alle und sagten Amen. Dann verteilte die Bernmüllerin aus einem großen Sack allerlei Krachwerkzeug: Ratschen, Tröten, Topfdeckel, Glocken, Hörner und Rasseln. Und dann zogen sie los, hinter dem Haberermeister her. Nur die Bernmüllerin blieb im Wald zurück.

Sie gingen stumm und leise hintereinanderher und achteten darauf, daß die Glocken und Rasseln still blieben. Einmal stieß Margarete mit dem Fuß so fest gegen einen Stein, daß sie beinahe aufgeschrien hätte vor Schmerz. War sie im Gehen eingenickt? Oder war das überhaupt alles ein Traum? Was sie hier machten, war ja wie aus einem andern Jahrhundert. Sie dachte auch: Wer hier geht in der Nacht mit den anderen Haberern, der Eichelhäher, das ist nicht Margarete Bernstein, das ist das Mädchen aus dem Spiegel. Deswegen habe ich auch keine Angst.

Sie kamen unentdeckt nach Gerhartingen und nahmen gegen drei Uhr Aufstellung vor der Speck-Villa.

Der Haberermeister holte ein Horn aus seinem Sack. Die Haberer standen in einem Halbkreis um ihn herum. Der Eichelhäher stand ganz außen. Sie sah den Haberermeister nur als Schatten gegen die helle Mauer der Speck-Villa. Das Horn hätte ein Muschelhorn sein können. Aber es klang hell und scheppernd und war wohl aus Blech.

Auf das Hornsignal hin rief der Haberermeister: »Haberer! Auf! Krawallt!«

Da nahmen alle Haberer ihre Krachwerkzeuge und machten einen Höllenspektakel. Zwei der Haberer zündeten Fackeln an.

Schon beim Hornsignal war ein riesiger Mastino in Specks Garten aus seiner Hütte geschossen. Er hing an einer langen Laufkette und rannte im Radius seiner Kette bellend hin und her. Er löste die Bewegungsmelder am Haus aus. Mehrere Scheinwerfer gingen an und tauchten die Villa in grelles Licht. In einem Umkreis von hundert Metern war jetzt alles deutlich zu sehen.

Die Haberer aber fuhren fort mit ihrem Auflärmen.

Im ersten Stock der Villa ging das Licht an, und ein Fenster wurde aufgerissen. Ein Mann im Morgenmantel schaute heraus. Das mußte Dr. Speck sein.
»Auf! Haberer! Auf, auf!« rief der Haberermeister.
Und die Haberer legten noch ein bißchen zu und schrien und grölten: »Pfui!« Andere Hunde meldeten sich im Dorf. Überall in den umliegenden Häusern gingen nun Lichter an. Die ersten Neugierigen tauchten auch schon auf und näherten sich vorsichtig.
Bald waren gut fünfzig Gerhartinger aus ihren Betten gejagt. Sie standen in Grüppchen um die Haberer, manche lachten, kannten den alten Brauch, andere ereiferten sich über die Unverschämtheit. Oben in der Villa hatten sie das Fenster wieder zugemacht. Niemand zeigte sich. Auch nicht, als nun der Haberermeister ein neues Hornsignal gab und der Krawall verstummte. Mit Hilfe der zwei Fackelträger kletterte er auf die Gartenmauer und begann seinen Vortrag:
»*Im Auftrag vom Kaiser Karl vom Untersberg*
müssen wir heut wieder das Haberfeld treiben,
damit die schlechten Haderlumpen nicht ungeschoren bleiben.
So ziehen wir raus bei der Nacht und machen Krach,
dann merkt der Gauner auf, und der Bürger wird wach.
Aufkrawallt! Haberer!«
Es folgte ein kurzes Auflärmen. Dann fuhr der Haberermeister fort:
»*Wir kommen wegen dem Bach,*
drum schlagen wir heut Krach.
Drum sind wir heut beim Speck.
Der Speck macht einen Haufen Dreck!
Ist das wahr, Haberer?«
»Ja, wahr ist es!« schrien die Haberer.

»Dann treibt weiter!«
Und wieder folgte ein kurzes Auflärmen.
Jetzt wurden aber immer mehr Stimmen laut, man solle das unwürdige Spektakel beenden. Ein Mann in Pantoffeln und einem Trenchcoat drängte sich nach vorne zur Mauer. »Runter da!« schrie er. »Runter!« Eine Frau versuchte ihn festzuhalten und zu beruhigen.
Da hatte der Haberermeister schon wieder angefangen:
»Ja, manche hören's nicht gern.
Kriechen lieber in den Arsch von den feinen Herrn!«
Jetzt war der aufgebrachte Mann nicht mehr zu halten, und noch zwei andere stürmten vor, um den frechen Kerl von der Mauer zu zerren. Zwei der Haberer stellten sich ihnen in den Weg, holten jeder eine große Klistierspritze aus dem Mantel und bliesen den Angreifern eine Ladung Ruß ins Gesicht. Das schützte zwar den Haberermeister vor dem Angriff, aber es steigerte nicht die Sympathie für das hohe Gericht.
»Frechheit!« »Schweinerei!« »Wo sind wir denn?«
Immer mehr Gerhartinger Bürger faßten sich ein Herz und drangen gegen die Haberer vor.
Im neunzehnten Jahrhundert, als dieser Femebrauch noch weit verbreitet war, da waren die Haberer große Haufen, starke Männer. Sie trugen Waffen, und zum Aufkrawallen gehörten immer auch Schüsse aus den Stutzen. Auch wurde nie in einer Ortschaft ins Haberfeld getrieben, sondern eben auf dem leeren Feld, damit man nicht in den Hinterhalt geraten und die auftauchende Polizei leichter abwehren konnte.
Die Haberer von der Bernmühle hatten darauf nicht geachtet. Sie wollten dem Angeklagten vors Haus ziehen. Er sollte die Schande vor aller Ohren im eigenen Schlafzimmer zu hören

kriegen. Aber der Haberermeister konnte nicht mehr weiterreden, obwohl der Hahnenschwanzbartel eine mächtige, weittragende Stimme hatte. Er war von der Mauer gesprungen und stand nun mit dem Rücken zur Wand, während die aufgebrachten Gerhartinger seine Haberer in einen engen Kreis um ihren Meister zusammengedrängt hatten.
Und jetzt kam auch noch die Polizei. Vier, fünf Streifenwagen mit Blaulicht und Martinshorn. Nicht alle auf einmal, soviel Polizei gab es nicht in Gerhartingen. Aber man hatte offenbar Verstärkung von allen Seiten angefordert.
Gleichzeitig ging in der Villa wieder ein Fenster auf, und Dr. Speck schaute sich das Schauspiel vor seinem Haus an, wie ein Kriegsbeobachter eine Schlacht vom Feldherrnhügel. Er war jetzt ordentlich gekleidet, trug sogar eine Krawatte. Alles war unter Kontrolle.
Da wußte der Hahnenschwanzbartel, daß sie jetzt nur noch versuchen konnten, so schnell wie möglich zu verschwinden.
»Aufkrawallt! Haberer!« schrie er. »Und abg'haut!« Er stieß in sein Horn, riß einem der Haberer die brennende Fackel aus der Hand und stürmte gegen die Gerhartinger vor. Die waren überrascht über den plötzlichen Ausfall und auch ein bißchen feige und scheuten natürlich das Feuer. Sie öffneten eine Gasse, durch die die Haberer mit Krach und Geschrei davonrennen konnten.
Wirklich davon konnten freilich nicht alle. Manche wurden festgehalten. Manche rannten der Polizei genau in die Arme. Die restlichen Häusler wurden noch auf dem Heimweg geschnappt. Ein Streifenwagen war gleich auf Verdacht in die Siedlung gefahren und hatte die schwarzgesichtigen Heimkehrer in Empfang genommen.

Den Haberermeister freilich erwischten sie nicht. Und als sie wenig später bei der Bernmüllerin eindrangen, da fanden sie die alte Frau schlafend und konnten ihr nichts nachweisen.
Und der »Eichelhäher«?
Jetzt, wo alles floh und alles mißlungen war, da verwandelte sich der Eichelhäher wieder in Margarete. Sie hatte Angst. Angst vor den Gerhartinger Bürgern, die nur darauf warteten, sie zu packen und zuzuschlagen. Angst natürlich auch vor zu Hause. Jetzt erst wurde ihr bewußt, daß vielleicht ihr Vater und ihre Mutter unter diesen Menschen waren.
Margarete warf ihre Topfdeckel weg und rannte los. Sie spürte, wie jemand sie festhalten wollte. Aber sie konnte sich losreißen. Es gelang ihr, die Mauer zu durchbrechen und auch den dahinterstehenden Menschen auszuweichen wie ein Hase. Als sie vor sich ein Polizeiauto auftauchen sah, kletterte sie über einen Zaun und versteckte sich in einem Holundergebüsch.
Als sich ihr Herzschlag ein bißchen beruhigt hatte und das Pochen in ihren Ohren nachließ, hörte sie, daß überall Menschen unterwegs waren, Schritte, Stimmen. Und immer wieder eine Polizeisirene. Was hatten sie bloß angerichtet? War ein satirisches Spektakel vor dem Haus eines Fabrikbesitzers ein so gefährlicher Angriff auf die Ordnung, daß der Staat mit so einer Wucht reagieren mußte?
Sie war hier keineswegs sicher und schon gar nicht mit schwarzem Gesicht. Sie rieb sich mit dem Ärmel übers Gesicht, riß dann Büschel von Gras aus und wischte sich die Farbe aus den Augenhöhlen. Dabei merkte sie, daß ihr noch immer der Bart am Kinn hing. Sie machte ihn ab und vergrub ihn unter altem Laub. Dann zog sie den Rupfenumhang aus, wischte noch einmal damit über ihr Gesicht, obwohl der

rauhe Stoff ihre Haut wund kratzte, und stopfte ihn dann hinter einen Komposthaufen.
Sie mußte den »Eichelhäher« loswerden. Den hatte man gesehen, Margarete Bernstein war nicht dabeigewesen. Merkwürdigerweise hatte sie niemanden erkannt. Sie hatte nicht richtig hingesehen, wollte nicht plötzlich ihren Nachbarn gegenüberstehen. Hatte die andere Seite auch nicht genau hingesehen? War ihre Verkleidung gut genug gewesen? Die Scheinwerfer der Villa waren ziemlich hell. Der Mond hatte ihnen helfen wollen und sich verzogen, aber einer wie der Speck wußte, wie man ohne Natur auskam.
Sie mußte hier weg, mußte nach Hause. Sie mußte im Bett liegen, wenn sie kamen, um nach ihr zu fragen. Sie horchte, und da niemand in der Nähe schien, kletterte sie wieder aus dem Garten und huschte davon.
Sie kam nicht weit. An der Bushaltestelle sprang plötzlich jemand aus dem Wartehäuschen, packte sie und zerrte sie auf die dunkle Bank in den Unterstand. Sie konnte nicht schreien, weil man ihr den Mund zuhielt, und sie war so überrascht, daß sie sich zunächst auch nicht wehren konnte.
Dann aber merkte sie, daß der Angreifer nicht viel größer war als sie und auch nicht besonders stark, obwohl er sie mit aller Kraft und mit dem ganzen Gewicht seines Körpers in die Ecke des Wartehäuschens drängte. Sie wollte gerade anfangen sich zu wehren, da erkannte sie ihn.
Er nahm die Hand von ihrem Mund, aber er ließ sie nicht los.
»Bist du wahnsinnig!« rief sie. »Laß mich los!«
»Pscht!« sagte er und legte ihr gleich wieder die Hand auf den Mund.

»Laß mich los!« Margarete war wütend und hörte nichts als ihre tobende Wut darüber, daß jemand ihr Gewalt antun wollte.
Krolli war aufmerksam, aufmerksam wie immer. Er brauchte seine ganze Kraft, um sie festzuhalten, aber er horchte gleichzeitig und hörte alles. Er löste seine Hand von ihrem Mund und küßte sie. Er traf ihren Mund nicht genau, aber er drückte sein Gesicht fest auf ihres und versuchte sie mit seinem Körper ganz zuzudecken.
Im nächsten Augenblick traf sie der Strahl einer Taschenlampe, und ein Polizist sagte: »Na, wen haben wir denn hier?«
»Entschuldigung«, sagte Krolli und blinzelte in die Lampe. »Entschuldigung«, sagte er noch mal. Er achtete darauf, daß Margaretes Gesicht im Schatten blieb.
»Wart ihr da dabei vorhin?« fragte der Polizist.
»Nein, wo denn?« sagte Krolli. »Wir waren bloß hier. Was ist denn passiert?«
»Um diese Zeit vergnügt ihr euch hier?«
»Ja, Entschuldigung«, sagte Krolli.
»Und was sagen eure Eltern dazu?«
»Wir sind aus dem Fenster gestiegen.«
»Bitte, sagen Sie nichts unseren Eltern!« sagte Margarete jetzt mit zittriger Stimme. Sie mußte sich nicht verstellen. Sie hatte das Gefühl, als würde sie gleich ohnmächtig.
»Ja, bitte«, sagte Krolli. »Sie waren doch auch mal jung!«
Der Polizist war ein freundlicher Mensch. Er lachte und sagte: »Verschwindet, das rat ich euch! Und macht bloß, daß ihr nach Hause kommt!« Er schwenkte seine Taschenlampe ein paarmal über den Kopf. »Los, ab! Weg mit euch!«
Krolli und Margarete standen auf. Krolli legte den Arm um

Margarete, und sie vergrub ihr Gesicht in seinem Jackenkragen.
»Laßt sie durch!« rief der Polizist seinen Kollegen zu. »Die haben das Durcheinander für ein Schäferstündchen genutzt.«
So schnell wie möglich gingen die beiden die Straße hinunter. Keine fünfzig Schritte von der Bushaltestelle entfernt hatte die Polizei die Straße abgesperrt. Und so war es wahrscheinlich an jedem Weg, der aus Gerhartingen hinausführte.
»Gute Nacht!« sagte Krolli und nickte freundlich. »Entschuldigung!«
»Ihr fangt ja früh an!« sagte einer der Polizisten.
Dann waren sie vorbei an der Sperre und konnten aufatmen. Sie gingen hinauf in Richtung Friedhof. Als Krolli sicher war, daß sie keiner mehr beobachtete, nahm er den Arm von Margaretes Schulter.
»Entschuldigung!« sagte er. »Mir ist nichts anderes eingefallen.«
»Du hast gewußt, daß die Polizei da steht?«
»Ja, ich hab sie gesehen, weil von denen einer pinkeln mußte und mit der Taschenlampe einen Busch gesucht hat.«
»Und daß ich da vorbeikomme?«
»Zufall«, sagte Krolli.
»Bist du ein Engel oder so was?«
»Nein. Aber ich glaub, du könntest einen brauchen.«
»Ja. Hast du gut gemacht, Krolli.«
»Na ja, mir ist nichts Besseres eingefallen. Wie im Kino, ist nicht sehr originell.«
»Mir fällt auch nichts Besseres ein«, sagte Margarete und gab Krolli einen schnellen Kuß. Dann drehte sie sich um und lief nach Hause.

Sie hatte keinen Schlüssel dabei. Aber sie dachte erst am Gartentor daran, daß sie eigentlich die Leiter von der Friedhofsmauer hätte holen müssen, wobei sie nicht sicher war, ob sie die allein überhaupt tragen konnte. Doch dann war das gar nicht nötig. In der Küche brannte Licht, und als sie das Gartentor aufmachte, erschienen ihre Eltern in der Haustür.
»Bist du da?« sagte ihr Vater.
»Komm rein!« sagte die Mutter.
Sie nahmen Margarete in die Arme und schlossen die Tür. So standen sie dann eine Weile und schwiegen.
»Ich muß ins Bett«, sagte Margarete schließlich. »Ganz schnell, wenn die Polizei kommt und nach mir fragt.«
»Sie war schon da«, sagte ihre Mutter.
»Und?«
»Du liegst schon im Bett, die ganze Nacht«, sagte der Vater. »Du bist schließlich erst zwölf!«
»Haben sie es geglaubt?«
»Ein Herr Lehrer lügt doch die Polizei nicht an!«
Als sie dann im Bad stand und sich die letzten Reste der schwarzen Farbe aus dem Gesicht gewaschen hatte, mußte sie heulen. Sie schaute in den Spiegel und sah nichts als eine Margarete Bernstein, die heult.
Sie wachte auf, weil das Telefon läutete. Es war halb sieben. So früh rief man hier niemanden an. Sie bekam Herzklopfen und war sofort hellwach.
Als sie die Treppe runterkam, legte ihr Vater gerade den Hörer auf. Er war schon angezogen. Auch ihre Mutter war schon auf. Jetzt erschien sie in der Küchentür.
»Sie haben alle wieder laufenlassen«, sagte der Vater. »Schon in der Nacht.«
»Wer war das denn?« fragte die Mutter.

»Die Polizei?« fragte Margarete.
»Severins Mutter«, sagte der Vater. »Alle sind entlassen worden, Severin und seine Freunde und ein paar junge Männer aus anderen Ortschaften. Man hat sie erkennungsdienstlich behandelt, Fotos, Fingerabdrücke.«
»Und warum ruft die bei uns an?« fragte die Mutter. »Haben sie was von Margarete gesagt?«
»Nein. Aber ich bin doch sein Lehrer. Sie kriegen eine Anzeige wegen nächtlicher Ruhestörung, Erregung öffentlichen Ärgernisses, Verstoßes gegen das Versammlungsverbot, groben Unfugs, Sachbeschädigung, Beleidigung und versuchter Brandstiftung. Offensichtlich hatten sie Brandsätze dabei.«
»Bloß Fackeln«, sagte Margarete.
»Sind die verrückt geworden? Das sind doch Kinder!« sagte die Mutter. »Wegen so einer Lappalie? Wie wär's mit Majestätsbeleidigung, weil man den Herrn Speck aufgeweckt hat!«
»Offenbar hat der Speck behauptet, das wäre ein terroristischer Anschlag gewesen«, sagte der Vater.
»Der einzige, der terroristische Anschläge macht, ist er«, sagte Margarete. »Auf die Umwelt nämlich.«
Da wurde ihr Vater ganz förmlich und streng. »Red keinen Unsinn! Und halt den Mund! Ja? Du wirst nichts mehr gegen Dr. Speck äußern. Du warst nicht dabei, weil du nichts gegen ihn hast. Du bist ein junges Mädchen und hast andere Interessen! Verstehst du? Ich will von dir kein Wort zu dieser Sache hören!«
Margarete schwieg. Wo nichts mehr zu machen ist, braucht man auch nichts mehr zu sagen. Sie wußte, daß sie verloren hatte.
Sie blieb auch in der Schule schweigsam, und in der Pause

stellte sie sich abseits. Sie hatte ein leichtes Rauschen im Ohr, wodurch alle andern Geräusche nur wie durch einen Filter zu ihr drangen. Doch dann hörte sie klar und deutlich ein Muschelhorn. Sie hatte noch nie ein Muschelhorn gehört, aber sie wußte, so mußte es klingen: voll und tief, nur ein Ton, der die Luft erfüllte mit seinen lockenden Schwingungen.

Als Krolli zu ihr herüberkam, fragte sie ihn, ob er auch diesen Ton höre. Er hörte nichts.

»Das Muschelhorn. Du mußt es doch hören.«

Krolli hörte nichts. Aber er hatte schon mal ein Muschelhorn gehört: In dem Film »Herr der Fliegen« wird eins geblasen. »Und neulich hab ich in der Zeitung gelesen, daß in Tibet ein Muschelhorn zu hören ist, wenn ein Buddha wiedergeboren wird.«

»Ich glaub, allmählich werd ich verrückt«, sagte Margarete, »daß ich schon Sachen höre, die gar nicht da sind.«

Das Horn schwieg dann für den Rest des Vormittags. Aber als sie neben Krolli nach Hause radelte, hörte sie es wieder. Es kam vom Wald herüber oder vom Bach. Margarete fragte Krolli nicht noch einmal. Sie verabschiedete sich nur und sagte, sie wolle noch ein bißchen allein sein.

Als Krolli verschwunden war, versteckte sie ihr Fahrrad und ihre Schultasche und folgte dem Klang des Muschelhorns. Sie war schnell am Bach und fand gleich auch die Muschelbank, wo sie ihre Perle gefunden hatte. Sie zog Schuh und Strümpfe aus und stieg ins Wasser. Der Bach war kalt und klar wie immer, keine Trübung, keine Verunreinigung war zu erkennen. Aber die Muscheln hatten ihre Schalen geöffnet, wie hungrige Vögel die Schnäbel, nicht weit, aber deutlich zu weit. Nicht alle zwar, aber vor allem die jüngeren. Die

waren offenbar empfindlicher. Es waren so viele, daß der Befund eindeutig war.
Jetzt war das Horn verstummt. Auch das Rauschen in Margaretes Ohren war vergangen. Sie hörte die Geräusche des Waldes klar und deutlich. Sie bildete sich nichts ein. Sie sah, was sie sah. Sie zog Schuh und Strümpfe wieder an und ging den Bach hinauf.
Als sie oben an der Fabrik ankam, sah sie, daß der Kanal geflutet war. Der Schieber im neuen Stauwehr war geschlossen. Der Bach floß vom Knie weg nach Osten in den Kanal und kam nach einer Runde durch die Fabrik wieder heraus und floß in seinem Bett nach Süden. Am Kanalausgang war das Wasser so klar wie oberhalb der Schleuse, aber es war nicht mehr sauber. Das wußte Margarete jetzt. Die Muscheln reagierten schon. Margarete ging zurück zu ihrem Fahrrad und fuhr schnell nach Hause, um sich nicht noch mehr zu verspäten.
»Du kommst spät«, sagte die Mutter.
»Ja«, sagte Margarete.
»Sollen wir über gestern nacht reden?«
»Nein, Mama!«
»Gretchen-Margaretchen, was ist bloß los mit dir?!«
Später saß sie bei offenem Fenster an ihrem Schreibtisch und versuchte ihre Schulaufgaben zu machen. Immer wieder horchte sie hinaus, aber das Muschelhorn war nicht mehr zu hören. Es hatte sie zum Bach gerufen. Sie hatte alles gesehen. Jetzt mußte sie selbst entscheiden, was zu machen war.
War noch etwas zu machen?
Margarete fühlte sich leer, sie hatte keine Idee. Still saß sie da und wunderte sich, daß die Vögel so schön sangen drüben auf dem Friedhof.

Auf dem Bücherregal lag ihre alte Blockflöte. Sie nahm sie vom Bord, wischte den Staub ab und probierte aus, was sie noch konnte.

Ihr Vater war inzwischen auch aus der Schule gekommen und sah nach seiner Tochter. »Du bist traurig«, sagte er.

»Ja«, sagte Margarete.

»Wenn du traurig bist, mußt du die Volkslieder lesen, die die Brüder Grimm gesammelt haben.« Er holte ihr das Insel-Bändchen und ließ sie wieder allein.

Margarete hatte damit gerechnet, daß das muntere Liedchen wären, etwas, womit ihr Vater sie aufheitern wolle. Aber Margarete fand schnell, daß die traurigen Lieder überwogen, und las sich fest. Besonders ein Lied las sie mehrfach, weil sie nicht genau herausfinden konnte, was das Lied denn wirklich sagen wollte. Das Lied hieß:

Das hungernde Kind

Mutter! Mutter, es hungert mich,
Gib mir Brot, sonst sterb ich.

Warte nur, mein liebes Kind!
Morgen wollen wir säen.

Als nun gesäet war,
Sprach das Kind noch immerdar:
Mutter! Mutter, es hungert mich,
Gib mir Brot, sonst sterb ich.

Warte nur, mein liebes Kind!
Morgen wollen wir schneiden.

Als es nun geschnitten war,
Sprach das Kind noch immerdar:
Mutter! Mutter, es hungert mich,
Gib mir Brot, sonst sterb ich.

Warte nur, mein liebes Kind!
Morgen wollen wir dreschen.

Als es nun gedroschen war,
Sprach das Kind noch immerdar:
Mutter! Mutter, es hungert mich,
Gib mir Brot, sonst sterb ich.

Warte nur, mein liebes Kind!
Morgen wollen wir backen.

Als es nun gebacken war,
Lag das Kind auf der Totenbahr.

In der Nacht schreckte Margarete aus einem Traum. Sie konnte sich aber nicht erinnern, was sie geträumt hatte, nur an ihren entsetzten Schrei am Ende des Traumes: »Ich doch nicht!«

Nein, dachte Margarete, als sie am Samstag morgen aufwachte. Ich will nicht warten bis morgen. Morgen ist das Brot gebacken, morgen wird alles gut. Aber morgen ist das Kind tot.

»Ich geh ein bißchen spazieren«, sagte sie nach dem Frühstück.

»Wohin denn?« fragte die Mutter.

»Nur so, ein bißchen.«

»Nimm doch deinen Bruder mit. Ihr könntet Federball spielen.«

»Nein, die spielt immer so gemein«, sagte Benny.
Margarete ging über den Friedhof, saß eine Weile zu Füßen des traurigen Engels, und als sie sicher war, daß ihr keiner folgte, lief sie zur Fabrik.
Die Einweihung des Kanals war in vollem Gange. Gerade sprach der Landtagsabgeordnete über die Bedeutung des Werks für die Region. Alle seien sich einig über Nutzen und ökologische Vorbildhaftigkeit. »Alle sind dafür, Herr Dr. Speck, bis auf ein paar weltfremde Fanatiker, von denen wir uns aber den Standort Deutschland nicht kaputtmachen lassen!«
Es war ein herrlicher Samstagmorgen. Die Ehrengäste saßen entlang des Kanals auf gepolsterten Stühlen. Über den Kanal war eine Brücke gebaut mit rotem Teppichbelag. Mitten auf dieser Brücke stand das Rednerpult.
Auf der andern Seite des Kanals war ein Areal fürs Volk abgegrenzt. Hinter einer dicken roten Kordel drängten sich die Gerhartinger und ihre neugierigen Nachbarn. Und es kamen immer noch neue Leute. Ein paar livrierte Ordner lenkten sie auf die Zuschauerseite. Die Seite mit der Prominenz war dagegen streng abgesperrt.
Margarete mischte sich unter die Nachzügler und ließ sich in die Masse der Neugierigen am Kanal schieben. Sie konnte die Ehrengäste kaum sehen, weil zu viele Leute vor ihr standen. Sie hörte nur die Reden, die mit Lautsprechern verstärkt wurden. Alle sagten das gleiche: Arbeitsplätze, Innovation, Standort Deutschland, Ökonomie und Ökologie versöhnt, vorbildhaftes Unternehmertum, richtungweisend, zukunftsorientiert, sanfte Technologie, wunderbar, großartig, bravo, bravo!
Margarete hatte keinen Plan. Sie wollte nur dabeisein, als

bräuchte der Bach ihren Beistand, wie ein kranker Freund, den man nicht verläßt. Margarete drängte sich unmerklich nach vorne, Reihe um Reihe, mit jeder Rede ein bißchen weiter, bis sie an der Absperrung stand.

Das Rednerpult auf der Brücke stand etwas rechts von ihr, nach Osten, gegen die Sonne. Dr. Speck sprach jetzt als letzter. Er war nur ein Umriß gegen die Sonne. »Trinkwasserqualität«, sagte Dr. Speck. »Der Bernbach hatte Trinkwasserqualität, und er wird sie weiter haben.«

Als Dr. Speck seine Rede beendet hatte, bat er den Pfarrer um die Segnung des Kanals und der neuen Fabrik.

Margarete bückte sich und schlüpfte unter der Absperrung durch. Die Sicherheitskräfte erwischten sie nicht. Sie war zu flink. Sie lief zum Kanal hinüber und sprang auf die Brücke. Sie drängte sich vor Dr. Speck ans Rednerpult, bog das Mikro zu sich herunter und schrie: »Lüge! Alles Lüge!« Ihre Stimme überschlug sich. Der Tontechniker reagierte sofort und betätigte einen Regler, zog aber in der Aufregung den falschen. Es gab eine schmerzende, schrille Rückkopplung. Dann schaltete er den Verstärker einfach ab.

Mit dem Verstummen des Lautsprecherlärms schienen für einen Augenblick alle Geräusche wie verschluckt und es war nur mehr die überschnappende Stimme des Mädchens auf der Brücke zu hören:

»Alles Lüge! Der Bach wird vergiftet! Die Muscheln leiden schon! Warum glaubt das niemand?«

Mehr konnte sie nicht sagen. Noch ehe überhaupt Zeit war für Reaktion und Empörung auf den Plätzen der Ehrengäste, waren die Sicherheitskräfte auf der Brücke, riesige Kerle, deren Bodybuilding-Muskeln nicht in die feinen dunklen Anzüge paßten, die man ihnen verordnet hatte. Zwei deckten

Dr. Speck gegen etwaige Angriffe ab. Die zwei anderen versuchten Margarete zu fassen.

Aber sie riß sich los und sprang in den Kanal.

Sie rutschte aus im Wasser und fiel hin, rappelte sich aber gleich wieder hoch. Das Wasser reichte ihr bis zur Hüfte. Margarete Bernstein springt in den Bernbach, dachte sie. Schneckerl mit ihrem Schusser. Ursula Bärenkind mit ihrem Kiesel. Bibergritl, die Tapfere. Und jetzt ich. Ich hab auch eine zweifarbige Perle und zwei verschiedene Augen vielleicht. Margarete Muschelkind. Was kommt jetzt?

Die Bodyguards standen auf der Brücke, wußten nicht, wohin mit ihrer überflüssigen Kraft, und überlegten, ob sie sich die feinen Anzüge naß machen sollten. Überall regte sich nun Unmut zu beiden Seiten des Kanals. Ein schönes Fest zu stören war ungezogen. Niemand unterstützte Margaretes Protest. Offenbar hatte man es verstanden, alle Kanalgegner von der Feier fernzuhalten.

Dr. Speck trat ans Mikrofon und beruhigte die Gäste: alles unter Kontrolle, nichts passiert, ein offenbar verwirrtes Kind, wir werden uns darum kümmern.

Jetzt tauchten zwei Sanitäter auf. Die Taktik war klar: die Kleine ist krank, verrückt. Das ist kein Fall für den Sicherheitsdienst, das ist ein Fall für den Arzt. Während die Sanitäter vom Kanalrand aus versuchten, Margarete zu überreden, das Wasser zu verlassen, sagte Dr. Speck: »Ich wohne hier, bei Ihnen, meine Damen und Herren. Denken Sie, ich vergifte meine eigene Umgebung, meine eigene Heimat? Ich betone noch einmal, alle Gutachten beweisen, unser Kühlwasser ist kein Abwasser, der Bach wird weiter Trinkwasserqualität haben.«

»Gemeine Lüge!« rief Margarete. »Die Muscheln im Bernbach leiden schon nach einem Tag. Das Wasser ist nicht sauber! Ich bin schon einmal in den Bach gefallen und habe viel Wasser geschluckt. Es hat mir nichts ausgemacht. Ich trinke jetzt noch einmal!« Sie kniete sich hin und öffnete den Mund. Das Wasser, das aus der Fabrik kam, floß direkt in sie hinein. Es war kühl und ohne Geschmack. Es ist sauber, dachte sie. Aber gleichzeitig hatte sie das Gefühl zu ertrinken. Sie konnte sich nur schwer aufrecht halten. Die Strömung zerrte an ihren Kleidern. Sie trank den Bach in großen Zügen. Klares, kaltes Wasser, oder war da doch ein salziger Beigeschmack?

»Mein Gott! Machen Sie dem Spuk doch endlich ein Ende!« rief Dr. Speck ins Mikro.

Jetzt sprangen die Sanitäter ins Wasser. Aber da hatte Margarete keine Kraft mehr.

Ihr war schwindlig, und sie fühlte sich zerfließen wie eine Handvoll Sand in der Strömung. Ihr wurde schwarz vor Augen, und die Strömung trug sie davon.

Strömen. Fließen. Rauschen.

Das Rauschen dämpft das Schreien draußen.

Taumeln. Wirbeln. Drehen.

Oben und Unten gehen verloren.

Kopfüber. Kopfunter.

Das Wasser ist kalt.

Die Kälte ist ein betäubendes Kleid.

Die Kälte ist freundlich.

Und macht alles still und still und still.

Irgendwann taucht die Frage auf: Ist das jetzt das Ende, das Nichts? Aber es genügt eine Frage, und schon ist das Nichts nicht mehr, ist die Starre nicht mehr, entsteht Bewegung.

Und Wärme. Etwas bewegt sich. Schwingt.

Gibt einen Ton an.
Wird. Wächst. Pulsiert.
Hat sein Lied gefunden. Pum Pumpum.
Und ein Echo.
Oder ein anderes Lied: Pumpum Pum.
Pumpum Pum: noch eine Trommel.
Andere Lieder, aber alles klingt schön zusammen:
Quodlibet.
Es wird heller. Ein Schimmer, rosigmild.
Und ich sehe mich, kleines Tier: Schnecke. Fisch.
Und Äffchen im feuchten Nest.
Und dann schwimme ich hinaus.

»Bin ich wieder da?« fragte Margarete und machte die Augen auf.

»Du hast zwanzig Stunden geschlafen«, sagte ihr Vater. Er saß an ihrem Bett und hielt ihre Hand.

»Papa«, sagte Margarete.

Auf der andern Seite des Bettes saß ihre Mutter. »Wie geht's dir, Kind?«

»Mama.«

»Ich bin auch da«, sagte Benny. »Und ich hab auch unterschrieben. Fast meine ganze Klasse. Ich hab allen gesagt, daß sie unterschreiben müssen. Das haben sie gemacht.«

»Hans Krollmann hat eine Unterschriftenaktion gestartet. Er ist überall rumgefahren«, erklärte der Vater. »Viele deiner Schulkameraden haben unterschrieben, daß dein Bach besser geschützt werden muß. Benny ist auch rumgefahren und hat Unterschriften gesammelt.«

»Fast alle, Papa«, sagte Benny. »Wo ich mitgefahren bin, haben fast alle unterschrieben. Sogar die Lehrer. Den Rest machen wir morgen in der Schule.«

»Und der Kanal?« sagte Margarete und schloß die Augen.
»Du mußt dich ausruhen«, sagte die Mutter. »Vor allem mußt du dich jetzt ausruhen.«
»Der Kanal ist erst mal wieder trockengelegt worden. Alles wird noch einmal geprüft«, sagte der Vater. »Ist offenbar doch nicht bloß reines Kühlwasser, was da rauskommt aus der Fabrik. Jetzt werden sie um die Grenzwerte streiten. Was ist noch okay und was nicht?«
»Es ist also doch Gift im Wasser?« fragte Margarete.
»Man weiß nichts Genaues, alles geheim. Es ist wohl ein neues Gutachten angekündigt worden wegen dir. Dann wird man schon sehen.«
»Bist du jetzt wieder gesund?« fragte Benny. »Weil du mußt mir bei Mathe helfen. Echt!«
»Was fehlt mir denn? Bin ich im Krankenhaus?«
»Nichts fehlt dir«, sagte die Mutter. »Der Arzt sagt, du wirst schnell wieder gesund.«
»Sie wissen es nicht wirklich«, sagte der Vater. »Ärzte wissen so wenig. Sie setzen Stoffe frei, lassen Dinge in die Welt und haben keine Ahnung, was sie bewirken werden. Die Fabrik soll ja mit genmanipulierten Stoffen arbeiten. Sie haben nichts gefunden bei dir. Wahrscheinlich fehlt dir wirklich nichts.«
»Vielleicht war es nur eine Ohnmacht, der Kreislauf«, sagte die Mutter. »Du kriegst ja jetzt sicher bald deine erste Periode. Da kann so was schon mal vorkommen.«
»Wahrscheinlich ist meine Gretl einfach empfindsamer als andere«, sagte der Vater. »Das ist ja unser Problem, daß wir nicht mehr empfindsam genug sind und deshalb gar nicht merken, was alles vor...«
Ein Stein flog durch das offene Fenster und kollerte unters

Bett. Benny war am schnellsten. Er hob ihn auf und wickelte das Papier ab, das um den Stein herumgeknüllt war.
»Das ist für mich«, sagte Margarete.
»Woher weißt du das?« fragte die Mutter.
»Da steht was drauf. Ich les dir vor.«
»Nein, Benny!« sagte der Vater. »Man liest nicht anderer Leute Briefe.«
»Von wem ist das denn?« fragte die Mutter. »Wer macht denn so was, daß er Steine durchs Fenster schmeißt? Er hätte ja jemanden treffen können!«
»Na, mein Kandidat mit der Steinschleuder natürlich«, sagte der Vater.
»Jetzt weiß ich immer noch nicht, was ein Kandidat ist, Papa!«
»Gib mir den Brief, Benny!«
Benny reichte Margarete den Zettel. Sie strich ihn glatt. In einer ungelenken Krakelschrift, die Margarete gut kannte, stand da auf dem Zettel:
»Der EICHELHÄHER schreit laut und gut. Aber sie kriegen ihn trotzdem nicht.«
Margarete knüllte die Botschaft wieder zusammen und steckte sie unter ihre Decke. »Was ist mit den Kandidaten, Papa? Was machen sie mit ihnen?«
»Sie lassen die Anklage fallen, wir machen das schulintern. Auch gegen dich wird keine Untersuchung stattfinden. Nicht wegen Donnerstag nacht, davon wissen sie ja nichts, und auch nicht wegen der Einweihungsfeier. Aber sie suchen den Anführer des Haberfeldtreibens. Sie hatten gehofft, ihn in der Mühle oder im Krähenloch fassen zu können, aber er ist nicht mehr zu finden.«
»Stell dir vor«, sagte die Mutter, »sie haben dort eine Art Horn

gefunden aus Blech. Es sah aus wie eine Tritonmuschel, wie sie die Wassermänner auf den römischen Brunnen blasen.«
Das Telefon auf dem Nachttisch läutete. Der Vater hob ab. Es war ein Reporter von einer überregionalen Zeitung. Sie hatten von Margaretes Protestaktion gehört und wollten mit ihr sprechen. »Ein Stoff, der sich nicht nachweisen läßt, aber Wirkung zeigt, das interessiert uns sehr.«
»Später«, sagte der Vater. »Danke für Ihren Anruf.« Er legte auf. »Der Speck kriegt keine Ruhe«, sagte er.
»Ich glaube, ich möcht jetzt ein bißchen schlafen«, sagte Margarete.
»Und wann hilfst du mir bei Mathe?«
»Weiß nicht.«
»Ich komm am Nachmittag, ja? Dann bring ich mein Mathebuch mit, ja? Dann kann ich auch sehen, ob du was brauchst, ja?«
»Ja, Benny«, sagte Margarete. »Wann kann ich denn heim?«
»Schlaf erst mal«, sagten die Eltern.
Als Margarete wieder aufwachte, war es dämmrig. Sie wußte nicht, ob es abends oder morgens war. Sie hatte tief und traumlos geschlafen. Sie lag allein im Zimmer. Das zweite Bett war frisch und unberührt. Aber sie spürte, daß jemand im Raum war. Ja, da saß sie. Das war keine Decke oder ein achtlos über die Kissen geworfener Mantel. In dem Besuchersessel zu Füßen ihres Bettes saß die Bernmüllerin unbeweglich wie eine alte Wurzel. Jetzt schnaufte sie vernehmlich, als sie sah, daß Margarete aufwachte.
»Die wollten mich nicht reinlassen, weil ich nicht verwandt bin. Ich hab mich im Klo versteckt und bin heimlich rein zu dir. Hab dir eine Flasche Hollersaft hingestellt, das macht dir ein frisches Blut. Soll dich recht grüßen von den Haberern,

und das nächste Mal würden sie alle für dich bürgen, weil sie dich jetzt alle kennen.«
»Was ist mit dem Bartel?«
»Der? Der ist beim Kaiser im Untersberg«, sagte die Bernmüllerin und kicherte.
»Ob sie ihn kriegen?«
»Eher findest du eine Bernikelgans, als daß sie den kriegen.«
Die Bernmüllerin stand ächzend aus dem Sessel auf und schenkte ein Glas Holundersaft ein, dann half sie Margarete sich aufzusetzen und zu trinken.
»Ich kann gut alleine aufstehen«, sagte Margarete. Der Saft war kühl und süß und breitete sich als prickelnde Kraft sofort bis in alle Fasern ihres Körpers aus. Sie zog das Kissen hoch und blieb aufrecht im Bett sitzen. »Muß ich sterben?« fragte sie, ohne die Bernmüllerin anzuschauen.
»Was soll das heißen? Von meinem Hollersaft ist noch nie jemand gestorben!«
Margarete ließ sich nicht ablenken. Die Bernmüllerin sollte ihren Fragen nicht länger mehr ausweichen. Jetzt wollte sie alles wissen.
»Was wird aus den Kindern, wenn sie in den Bach springen? Wo sind sie dann, bis sie wiederkommen? Komme ich denn auch wieder?«
»Wer das wüßte!« sagte die Bernmüllerin und ließ sich in den Sessel sinken. »Schau, Kind: das sind so Geschichten in dem Buch. Niemand weiß, ob es immer dasselbe Kind ist. Sie haben Gemeinsamkeiten, ja.«
»Ja, auffallende Gemeinsamkeiten! Ich hab zum Beispiel auch eine zweifarbige Perle gefunden«, sagte Margarete. Sie hatte Herzklopfen. Die Perle war ein Indiz, über das sich die Bernmüllerin nicht hinwegreden konnte.

»Die Perle, ja. Die Perle ist von mir. Ich hab sie dir schenken wollen. Aber der Hahnenschwanzbartel hatte die Idee, daß du sie selber finden solltest. Er hat sie in die Muschel gesteckt.«
Eine Welle von Wut und Enttäuschung raste über Margarete hinweg. Aber sie fing sich schnell wieder. »Ich heiße Bernstein. Bernstein-Bernbach! Was ist damit?«
»Darauf habe ich schon lange gewartet, daß dir das auffällt. Weißt du, daß die Flußperlmuschel auf lateinisch Margaritifera Margaritifera heißt? Da könnte man auch auf Ideen kommen! Aber wie das mit den Namen so ist, das weißt du doch. Erst Fersenbächl, dann Bärenbach, wegen der Bären vom Bärnickel. Dann Bernbach. Aber Bernstein hat gar nichts mit Bären zu tun. Der Bernstein ist ja das hart gewordene Baumharz. Bernstein ist brennbar. Bernstein – Börnstein – Brennstein: der Stein, der brennt. Wahrscheinlich ist dein Name aus Norddeutschland.«
Es ist alles nur eingebildet, dachte Margarete. Ich bin einfach blöd und hab mir alles nur eingebildet. »Ich hab gedacht, ich wäre wichtig«, sagte sie. Sie kroch unter ihre Decke und fing an zu weinen.
Die Bernmüllerin setzte sich zu ihr ans Bett. Sie ließ sie weinen, bis das Schluchzen unter der Decke nachließ. Dann schlug sie die Decke zurück und wischte ihr das Gesicht ab. »Hör mal, Margarete! Ich wollte dir was erzählen. Das war der Grund, warum ich eigentlich gekommen bin. Ich hab deine Geschichte ins Buch geschrieben.«
»Warum denn«, sagte Margarete trotzig. »Ich denk, ich bin kein Muschelkind. Ich gehör gar nicht ins Buch!«
»Ja, du bist kein Muschelkind wie die andern. Du bist ein anderes. Als das mit dem Haberfeldtreiben schiefgegangen war,

hab ich das Buch genommen und zu schreiben angefangen, noch in derselben Nacht. Jetzt kommt doch die letzte Geschichte, hab ich gedacht. Wollt mich drücken die ganze Zeit, aber jetzt hat es sein müssen. Der Bach wird verschwinden und sich in eine Kloake verwandeln, wie so viele andere Gewässer auch. Und die Tränen der Engel werden auf die Erde fallen, und keiner wird sie mehr finden, weil keine Muscheln mehr da sind, die sie auffangen. Zwei Tage und zwei Nächte hab ich geschrieben, brauchen ja nicht mehr viel Schlaf, die alten Weiber. Seite um Seite.
Du hast sie erkannt, die neue Gretl, hab ich gedacht. Gleich als sie das erste Mal den Bach heruntergeschwommen ist, hast du gewußt: Das ist wieder ein Muschelkind. Ich war stolz und traurig, denn ich wußte ja, wie all diese Geschichten enden. Und doppelt traurig, weil ich dachte, ich würde die allerletzte Geschichte schreiben müssen. Wenn diese Geschichte zu Ende geschrieben ist, wird kein Platz mehr sein für eine nächste, dachte ich. All die Jahrhunderte hindurch hat man nur die Muscheln zerstört, jetzt wollen sie das Wasser zerstören.«
Die Bernmüllerin schwieg einen Augenblick und suchte Margaretes Hand unter der Decke. Sie drückte sie fest, seufzte und ging zum Sessel hinüber. Sie bückte sich und holte das Buch aus einem grauen Jutesack. Sie ging zum Lichtschalter und machte das Oberlicht an. Dann kehrte sie zu Margarete ans Bett zurück. Sie wickelte das Buch aus dem schwarzen Samttuch und gab es Margarete.
»Schlag es auf, Kind!« sagte sie und kicherte. »Hinten! Ganz hinten!«
Margarete klappte den hinteren Buchdeckel auf.
»Jetzt blättere zurück!« sagte die Bernmüllerin.

Margarete blätterte eine Seite zurück. Sie war leer.
»Und? Siehst du was?«
»Nein.«
»Gut. Weiter! Blättere zurück! Weiter!«
Margarete blätterte weiter, bis sie ans Ende eines Textes stieß. Er war schwer zu lesen, weil die Bernmüllerin in deutscher Schrift geschrieben hatte: »... Die Inbetriebnahme der Fabrik wurde dann noch einmal aufgeschoben. Das Kind aber wurde wieder gesund. Ob es sich weiter um seinen Bach gekümmert hat, müssen andere erzählen.«
»Siehst du«, sagte die Bernmüllerin. »Hier endet meine Eintragung. Und wieviel Platz noch ist! Schau, wieviel Platz! Das Buch ist überhaupt nicht voll! Hat mindestens noch eine Geschichte Platz. Und dann vielleicht noch eine. Wer weiß.«
»Schön«, sagte Margarete. Sie klappte das Buch zu, schloß die Augen und strich mit der Hand über die Muschelprägung auf dem Einband. »Steht noch eine Geschichte drin, die ich nicht kenne? Lesen Sie mir die vor?«
»Ja«, sagte die Bernmüllerin. »Die allererste: TRÄNEN DER ENGEL heißt die.«
In diesem Augenblick kam eine Schwester mit dem Abendessen. Sie funkelte die Bernmüllerin böse an und sagte: »Wie kommen Sie denn hier rein?«
»Durch den Kamin, mein Fräulein«, sagte die Bernmüllerin und kicherte. »Solche wie ich reiten auf dem Besen durch den Kamin. Wissen Sie das nicht, meine Liebe?« Sie nahm ihren Beutel und ging zur Tür.
»Werden Sie nicht ausfallend und verschwinden Sie, bevor ich andere Maßnahmen ergreifen muß.«
»Das Buch!« rief Margarete.
»Das ist jetzt deins. Bin gespannt, was du hineinschreiben

wirst einmal.« Die Bernmüllerin winkte und verschwand zur Tür hinaus.
Die Schwester stellte das Essen auf den Nachttisch und wollte Margarete das Buch abnehmen. Aber sie gab es nicht aus der Hand.
»Willst du denn so essen?« fragte die Schwester und ging hinaus.
Margarete wollte gar nicht essen. Sie stieg aus dem Bett und setzte sich in den Sessel. Sie wickelte sich in eine Decke und begann zu lesen:
»In jenen fernen Tagen, ...«